Un farmer pour Noël

Un bookboyfriend pour Noël

Tamara Balliana

Tamara Balliana

06270 Villeneuve-Loubet

www.tamaraballiana.com

Conception : Tamara Balliana

Couverture : Estelle Every et Emilie Delma

www.monbookboyfriend.com

ISBN broché : 979-10-96949-65-6
Dépôt légal : Novembre 2024

Impression à la demande

1

Heather

Je vais mourir ici.

Je suis une fille pragmatique, j'ai beau retourner le problème dans tous les sens, je ne vois absolument pas comment je pourrais me sortir de cette situation.

Pragmatique, OK. Mais résignée ?

Pas tout à fait.

On parle de vie ou de mort, tout de même !

Ce serait, il faut l'admettre, une fin terrible. Sans parler du fait que ce n'est pas du tout dans mes projets de mourir dans une tempête de neige. J'ai des tas de trucs à faire avant :

- Finir de tourner la saison de *Pulse*, la série dont je suis l'héroïne et gagner un Golden Globe avec (on peut toujours rêver) ;

- Perdre ces deux kilos que j'ai pris à Thanksgiving. Sinon je ne rentrerai pas dans la petite robe noire Prada que j'ai dans mon dressing et qui, si je dois mourir, est à mon sens le meilleur choix de tenue pour m'enterrer ;

- Aller à un concert de Taylor Swift et hurler sur Love Story ;

- Découvrir le Sud de la France ;

- Faire virer Tyler de *Pulse* (ce qui ne serait qu'un juste retour du karma) ;

- Trouver le véritable amour (là encore, je n'ai guère d'espoir, mais comme on dit, il fait vivre).

Bref, je ne suis pas du tout prête à mourir d'hypothermie, coincée dans ma voiture sur une route paumée, d'une ville encore plus paumée du Vermont!

J'imagine déjà les gros titres des journaux annonçant ma mort: *décès tragique de l'actrice Heather Williams. Après avoir réchauffé les cœurs de nombreux téléspectateurs dans Pulse, le sien a fini congelé par le blizzard.*

Mais qu'est-ce qui m'a pris de vouloir conduire!

Je n'aurais pas pu écouter Yara, mon assistante, qui m'a proposé de me réserver un jet?

Foutue conscience écologique...

Ça et un peu le fait que 1) j'ai peur en avion, 2) je voulais vivre une aventure 3) j'avais désespérément besoin de m'échapper au plus vite de Montréal.

Niveau aventure, je suis servie!

Pourquoi personne ne m'a prévenue que ce serait peut-être bien de vérifier la météo avant de prendre la route? Je suis entourée de dizaines de personnes et aucune n'a eu l'intelligence de le suggérer!

Peut-être parce qu'ils sont tous complètement déconnectés de la vie réelle et aucun d'entre eux n'aurait eu l'idée de faire Montréal-Boston en voiture!

Moi-même, j'ai eu de sérieux doutes sur la question. Mais j'avais besoin de partir et vite. De quitter cette atmosphère pesante au boulot et me ressourcer chez moi. Prendre la route me semblait être la meilleure solution et la plus simple...

Maintenant, je me retrouve ici, avec ma voiture que je n'arrive plus à faire avancer. Le vent hurle autour de moi et secoue l'habitacle comme si j'étais dans un vulgaire carton. J'approche mes doigts du chauffage, malgré les gants en laine, je sens qu'il faiblit. Je ne suis pas dupe, à un moment, il ne marchera plus. Je dois prendre une décision et vite.

Il y a peu de chances que quelqu'un passe sur cette route et me trouve. Ça fait presque une demi-heure que je suis immobilisée et je n'ai vu âme qui vive. Mon téléphone ne trouve aucun réseau.

Mes pensées tournent en rond, luttant contre la panique qui monte. Et si j'essayais de marcher pour chercher de l'aide? Dans quelle direction? La visibilité est nulle, et je risque de me perdre encore plus. Mais rester ici signifie une mort certaine par hypothermie.

Un bruit me sort de mes pensées, un craquement lointain. J'ai une seconde d'espoir vite douchée quand je comprends qu'il s'agit d'un arbre qui se fend sous le poids de la neige.

Dire que je voulais passer quelques jours au calme! Là, le silence est si intense qu'il en est angoissant.

Il faut que je sorte de cette voiture.

Je ferme les pans de mon manteau et attrape mon bonnet sur le siège passager. J'enfile une écharpe et me prépare à affronter le blizzard. Mes pieds touchent le sol gelé et je referme la portière derrière moi.

Je dois choisir une direction. Devant moi ou rebrousser chemin? Je n'ai aucune idée d'où se trouvent les points cardinaux. Je n'ai pas le souvenir d'être passée devant une maison depuis plusieurs kilomètres. Alors je vais tenter droit devant moi, en espérant que ce ne soit pas la décision la plus stupide de ma vie.

Le vent glacial fouette mon visage, la neige est si épaisse que chaque pas est une lutte. Mais je me bats. Je marche pendant ce qui me semble être une éternité. Je trébuche, tombe, me relève, avance. Régulièrement je vérifie l'écran de mon téléphone. Toujours pas de réseau. Mes jambes brûlent, mes doigts sont comme des blocs de glace, mais à force de persévérance, je la vois: une lumière.

Si mon visage n'était pas gelé, je me mettrais sûrement à pleurer.

Je continue, ce maigre espoir me donne une force nouvelle. Pourvu que ce ne soit pas un simple lampadaire... Mais personne n'irait mettre un lampadaire au milieu de nulle part, non?

Je progresse. À travers les flocons épais, la lumière se démultiplie. Il y en a plusieurs. Une maison peut-être?

Oui, ça m'est confirmé un peu plus tard.

Mes muscles sont tétanisés par le froid. Mais je lutte.

La maison se rapproche. Ou peut-être est-ce le paradis? Je n'ai jamais voulu aussi fort quelque chose que de l'atteindre.

Encore quelques pas, Heather.

Elle est immense, robuste, semblant n'avoir que faire de cette neige qui s'abat sur elle. Je grimpe les trois marches du porche. Je suis à bout de forces. Je m'avance vers la porte, mes mains tremblent tellement que j'ai du mal à frapper.

Le bruit de mes coups résonne faiblement contre le bois épais. J'attends, priant pour qu'il y ait quelqu'un à l'intérieur, quelqu'un qui pourrait me sauver de cette nuit glaciale.

Et puis, j'entends des pas approcher. La porte s'ouvre lentement, dévoilant un homme grand et costaud avec une barbe épaisse et des yeux bleus perçants. Il me regarde avec surprise et méfiance, mais avant qu'il puisse dire quoi que ce soit, je m'effondre dans ses bras, épuisée et désespérée.

2

Joshua

Bordel, mais qu'est-ce que...

Pas le temps de me demander qui est cette femme ou comment elle a bien pu atterrir sur mon porche en pleine tempête de neige. Je garde mon bras gauche qui la soutient déjà sous son dos et je glisse le droit sous ses jambes pour la soulever. Je la porte à l'intérieur, refermant la porte d'un coup de pied.

L'inconnue est aussi gelée qu'un Esquimau. Il faut que je trouve un moyen de la réchauffer. Mais comment? Je me dirige vers le salon, qui me semble être la pièce la plus chaude de la maison.

Me retrouver avec une femme inanimée dans les bras n'est pas exactement la façon dont j'avais prévu de finir la soirée. Je m'attendais, au pire, à devoir aller vérifier que tout se passe bien dans l'étable à cause de la tempête dehors. Mais certainement pas à jouer les sauveteurs!

Je me dirige vers la cheminée et l'allonge doucement sur le tapis épais. Les flammes dansent, projetant une lueur orangée sur son visage pâle. Elle ne bouge toujours pas. Super, j'ai un cadavre potentiel dans mon salon. Exactement ce dont j'avais besoin pour égayer ma soirée.

Qu'est-ce que je fais maintenant?

Je me gratte la tête, perplexe. Son manteau est plus trempé que si elle avait sauté tout habillée dans une piscine! Ça ne peut pas être bon.

Il faut que je le lui enlève.

Facile à dire, mais 1) elle est inanimée, 2) quand je déshabille une femme, je préfère qu'elle soit consentante, et j'aime connaître au moins son prénom!

En temps normal, j'aurais appelé immédiatement les secours. Mais je me doute qu'avec la tempête ils doivent être surchargés et surtout ils mettraient des heures à arriver. Il va falloir que je me débrouille seul, j'en ai peur.

— Bon, ma p'tite dame, on va jouer à "Désapons la belle au bois dormant", c'est pour votre bien, dis-je mal à l'aise.

Je commence à déboutonner son manteau, mes doigts calleux luttant contre les petits disques glissants.

Punaise, elle n'aurait pas pu mettre une veste zippée comme tout le monde!

— Promis, je ne suis pas un pervers, marmonné-je plus pour moi que pour elle, car elle ne bouge toujours pas.

Le manteau enlevé, je fais de même avec son bonnet, qui dévoile une chevelure dorée. Je pars dans ma chambre chercher des couvertures. J'attrape aussi le plaid du canapé, songeant que ça ne sera pas de trop. J'enroule la jeune femme dedans. Elle ressemble maintenant à un burrito géant. Un burrito surgelé et potentiellement en hypother-mie. J'ai pourtant l'impression qu'elle a repris un tout petit peu des couleurs.

Mais elle ne se réveille pas.

Je ne sais pas quoi faire de plus. Je devrais appeler quelqu'un... Mais qui?

J'opte pour Riley, ma sœur. Elle saura probablement quoi faire.

J'attrape le combiné accroché au mur et compose son numéro, priant pour qu'elle décroche. Elle répond à la troisième sonnerie.

— J'ai besoin d'aide, annoncé-je sans détour.

— Joshua? Qu'est-ce qui se passe? Tu t'es enfin décidé à t'inscrire sur un site de rencontre et tu ne sais pas com-ment remplir ta bio? Laisse-moi te filer un coup de main: Éleveur de lamas acariâtre, je cherche une âme sœur ca-pable de supporter mes grognements matinaux et l'odeur de camélidé. Bonus si vous savez tricoter! Allergiques aux crachats, s'abstenir. Je promets ...

— Riley! J'ai pas le temps! J'ai une femme inconsciente dans mon salon.

Il y a un silence au bout du fil, avant qu'elle ne demande:

— Josh, qu'est-ce que tu as fait?

— Moi? Rien! Elle m'est tombée dans les bras!

— Va falloir que tu me donnes un peu plus de contexte parce que là j'hésite entre imaginer que tu es un grand romantique ou un dangereux psychopathe.

Je lui explique la situation en quelques mots, retenant mon envie de raccrocher.

— T'as bien fait de la mettre près du feu et de l'envelopper dans des couvertures, dit-elle enfin.

— Merci, mais ça, je le sais déjà. Mais maintenant, qu'est-ce que je fais? Tu n'as pas une meilleure idée? Genre, comment la transformer en être humain fonctionnel plutôt qu'en glaçon décoratif?

— Elle respire?

Je jette un coup d'œil vers la jeune femme allongée à quelques mètres de moi.

— Oui. Mais j'ai peur qu'elle soit... je ne sais pas, en hypothermie?

— Eh bien... tu pourrais essayer le contact peau à peau. J'ai vu qu'on faisait ça avec les bébés à la naissance pour les réchauffer et qu'ils s'attachent à leur papa. Peut-être que ça aura un effet similaire et que...

— T'es pas bien? grogné-je. Si elle se réveille, elle va me prendre pour un pervers!

— Je suis vétérinaire, pas médecin, me rappelle-t-elle. Je fais ce que je peux! Je sais m'occuper de tes lamas pas de tes conquêtes! À part te proposer d'aller en chercher un ou deux dans l'étable pour qu'elle se blottisse contre eux, j'ai pas d'idée! Tu n'as qu'à téléphoner au médecin.

Pendant que ma sœur débite des inepties, j'observe la femme. Je suis presque certain qu'elle vient de faire un mouvement.

— Je crois qu'elle bouge, chuchoté-je dans le combiné.

— Pourquoi tu parles tout doucement? Tu cherchais à la réveiller et maintenant c'est le contraire?

— Tu me fatigues.

— Dis Josh, est-ce qu'elle est mignonne? Peut-être qu'elle aime les types grognons qui vivent au milieu de nulle part avec des lamas comme unique compagnie.

— Riley! Une femme est à moitié morte dans mon salon et toi, tu penses à me caser? T'as un grain!

— Seulement un? Je croyais que c'était un silo entier?

Je raccroche, exaspéré. Ma sœur a regardé trop de comédies romantiques de Noël.

Me rapprochant de l'inconnue, je l'observe plus en détail. Ses cheveux blonds encadrent un visage fin aux traits délicats. Elle est vraiment jolie. Même avec son teint pâle actuel, elle pourrait facilement faire la couverture d'un magazine.

Soudain, ses paupières frémissent. Ses yeux s'ouvrent lentement, révélant des iris d'un vert intense. Elle me fixe, l'air complètement terrifié.

Je me rends compte de ce à quoi je dois ressembler: un homme barbu, échevelé, penché sur elle. Génial. De sauveteur, je suis passé à potentiel tueur en série en moins de temps qu'il n'en faut pour tondre un lama.

— Euh... Salut? tenté-je, avec mon sourire le plus rassurant.

Qui s'avère probablement plus effrayant qu'autre chose, vu son expression.

Et je ne parle même pas de la façon dont elle se met à crier.

3

Heather

Le monde est flou quand j'ouvre les yeux. La première chose que je vois, c'est un visage barbu penché au-dessus de moi. Un cri s'échappe de ma gorge avant même que je ne puisse y réfléchir.

L'homme recule immédiatement, levant les mains en signe d'apaisement.

— Tout va bien, vous êtes en sécurité, dit-il d'une voix qui se veut rassurante.

Son expression ne l'est pas vraiment. Il a les sourcils froncés et me fixe comme si j'étais une espèce étrange dont il ne connaît pas encore la dangerosité..

Mon cœur bat la chamade. Je regarde autour de moi, désorientée. Je suis dans un salon rustique, enroulée dans des couvertures devant une cheminée. La chaleur du feu contraste fortement avec le froid qui semble encore imprégner mes os.

— Où... où suis-je? demandé-je d'une voix rauque.

L'homme, toujours à distance, répond calmement:

— Vous êtes chez moi. Il semblerait que vous ayez marché jusqu'à mon porche. Quand je vous ai ouvert la porte, vous avez perdu connaissance. Je vous ai amenée à l'intérieur pour vous réchauffer.

Les souvenirs me reviennent par bribes. La voiture qui dérape sur la route verglacée, la marche dans la neige à la recherche d'aide...

— Comment vous appelez-vous? Et comment avez-vous atterri ici? demande-t-il.

Je le regarde, surprise par son ton accusateur.

— Je m'appelle Heather, dis-je simplement.

Il fronce les sourcils davantage. Je ne pensais pas que ce serait possible. Il devrait arrêter s'il ne veut pas ressembler à un Shar Pei, d'ici quelques années.

— Heather, comment?

— Heath...

J'hésite en me rendant compte qu'il ne m'a pas reconnue. Je dois vraiment avoir une tête affreuse! Il montre des signes d'impatience, alors je complète en utilisant le nom de mon personnage dans la série, je ne sais pas bien pourquoi.

— Carter. Voilà Heather Carter.

Cela n'a pas l'air d'éveiller ses soupçons. J'en conclus qu'il ne connaît pas mon personnage le Docteur Emma Carter. C'est un soulagement en un sens.

— Et comment êtes-vous arrivée ici, Heather Carter?

J'ignore sa question, une nouvelle fois.

— Et vous, qui êtes-vous?

— Je suis chez moi.

— Ça, je m'en doute, mais ça ne me dit pas qui vous êtes. Vous savez, en règle générale, quand on se présente, il arrive fréquemment que la personne à qui on parle le fasse aussi en retour.

Il plisse les yeux comme s'il réfléchissait au fait de me dévoiler son identité. Pourquoi ça lui poserait un problème? Il ne m'a pas l'air d'être un acteur connu qui se cache dans un bled du Vermont. Alors pourquoi? C'est un repris de justice? Il est recherché par Interpol?

Punaise! C'est peut-être pour ça qu'il ne semble vraiment pas ravi de me voir là!

Je viens de trouver la planque d'un tueur!

Mais il finit par articuler:

— Joshua Fletcher.

Sa voix est écorchée, comme s'il ne l'avait pas utilisée depuis longtemps. Peut-être que c'est un ermite et je trouble sa tranquillité?

Un ermite tueur?

Arrête d'imaginer le mal partout, Heather! On n'est pas dans une sitcom!

— Et où sommes-nous exactement? Je veux dire, j'ai compris qu'on est chez vous, mais dans quelle... ville? J'ai suivi le GPS, mais je me suis perdue, je crois... non, en fait j'en suis sûre.

— Holly Springs, Vermont.

— Eh bien... ça doit être merveilleux au printemps, je suppose? Mais ce soir...

Ma tentative d'humour tombe à plat. Il me fixe de ses yeux d'un bleu profond et redemande pour ce qui me semble être la deux centième fois:

— Comment êtes-vous arrivée ici?

OK, Monsieur est un brin obsessionnel, non? Mais bon, sa question est légitime.

— Je suis tombée en panne avec ma voiture sur la nationale. J'ai glissé sur du verglas... enfin bref, je ne parvenais plus à démarrer. Alors j'ai essayé d'aller chercher de l'aide à pied. Et c'est là que j'ai trouvé votre charmante demeure.

Je jette un coup d'œil autour de moi. C'est un peu rustique, mais ça a l'air confortable. La lumière des flammes danse sur les murs en bois, créant une atmosphère intime. Au plafond, il y a des poutres apparentes. Sur ma gauche, j'aperçois un canapé qui a connu de meilleurs jours, mais dont les coussins rouges semblent un appel à aller lézarder dessus. Derrière lui, à travers la fenêtre à carreaux, la tempête de neige fait rage dans l'obscurité.

Je tourne la tête sur ma droite, vers la solide cheminée de pierre qui me réchauffe. Je lève le regard et...

Oh mon Dieu!

Qu'est-ce que c'est que ça!

Et dire que je viens de traiter sa demeure de charmante!

Il y a un animal mort qui me fixe de ses yeux vitreux. Un cerf, je crois?

J'ai un mouvement de recul, ce qui ne m'emmène pas bien loin étant donné que je suis emmaillotée dans des couvertures comme un nouveau-né. J'essaie de me débattre et réussis tout juste à sortir un bras.

— Il ne vous fera rien, il est déjà mort depuis longtemps, dit la voix grave à mes côtés.

Je m'apprête à répondre quand une pensée me frappe.

— Mon téléphone! Où est mon téléphone?

— Je n'ai pas touché à vos affaires, réplique-t-il. Mais de toute façon, les portables ne captent pas ici.

Mon cœur se serre à cette nouvelle. Pas de réseau? Comment vais-je contacter Yara ou ma famille?

Je ne sais pas si c'est mon air paniqué qui l'incite à se montrer plus cordial, mais il finit par me proposer:

— Vous voulez boire quelque chose de chaud? Un thé peut-être?

— Ça me paraît une bonne idée.

Je tente de me relever, mais avec la tonne de couvertures autour de moi, je galère un peu. Le géant barbu, lui, se redresse. Il semble encore plus imposant ainsi, avec son jean délavé et sa chemise de bûcheron. Il me tend une main.

J'hésite et croise son regard bleu. Malgré son air renfrogné et son apparence rustre, il y a quelque chose de doux en lui. Alors j'accepte sa paume calleuse qui est bouillante comparée à la mienne.

— Vous devriez vous asseoir sur le canapé pendant que je prépare le thé.

— Euh... oui.

Il me guide jusqu'à lui et je dois reconnaître que son aide est précieuse, mes jambes sont en coton. Je le remercie d'un petit sourire, qu'il ne me rend pas, bien évidemment. À la place, il grogne:

— Je pars dans la cuisine. Essayez de ne pas faire de malaise en attendant.

Il a déjà les talons tournés quand je réplique entre mes dents:

— Oui, bien sûr, parce que ça se commande, ce genre de choses.

J'observe un peu plus la pièce pendant son absence. Il y a des étagères avec des livres, beaucoup de livres en fait. Certains semblent assez anciens. Un bureau aussi dans un coin avec des papiers soigneusement empilés. Sur un buffet, quelques cadres photos, mais de là où je suis, je ne distingue pas les visages. Et enfin, une table de salle à manger en bois massif.

Où est mon manteau?

Je me rends compte qu'il a disparu, tout comme mon bonnet. Je me redresse et essaie de faire quelques pas vers l'entrée.

— Où est-ce que vous partez comme ça?

Je sursaute et me rattrape de justesse à une chaise avant de m'écrouler.

— Ça ne va pas de me faire peur comme ça!

— Je vous ai dit de ne pas bouger.

— Et jusqu'à preuve du contraire, vous n'êtes pas mon père.

Je vois ses narines frémir d'irritation. Ce qui offre une image plutôt drôle quand on y pense. Ce géant frustré qui peine à contenir sa colère me fait face avec un plateau dans ses mains sur lequel est installé un ravissant service à thé en porcelaine fleurie.

C'est comme si Tom Hardy avait débarqué dans une histoire de Béatrix Potter. Sauf que je suis certaine que

Tom Hardy n'a pas de maison dans le Vermont. Je lui demanderai la prochaine fois.

— Écoutez, reprend-il, avec cette tempête, il n'y a aucune chance que vous puissiez repartir ce soir. Vous allez devoir rester ici jusqu'à ce que ça se calme. Alors, autant vous reposer.

Rester ici ce soir?

Avec Tom Hardy, le tueur de cerfs ermite qui a probablement empoisonné le thé? Mais quelle bonne idée!

Mais en as-tu une autre, Heather?

Comme pour me rappeler la situation dans laquelle je me trouve, une rafale plus violente que les précédentes vient projeter de la neige contre la vitre. Cela n'a pas l'air de perturber mon hôte qui dépose son plateau et installe les tasses comme si sa réputation de maître de maison en dépendait.

— Où est mon manteau?

— Dans l'entrée, il était trempé, je l'ai accroché là-bas pour qu'il ne mouille pas le parquet.

Qu'est-ce que je disais! Martha Stewart n'a qu'à bien se tenir. Son successeur est un bûcheron du Vermont!

Je me rends à petits pas vers l'entrée. J'y trouve effectivement mon manteau qui n'a pas fière allure. Ça m'apprendra à privilégier la mode! Ce truc coûte le prix d'un mois de loyer pour un foyer moyen et il n'est même pas imperméable!

Je fouille les poches frénétiquement et finis par dénicher mon téléphone portable. J'allume l'écran et constate que Joshua ne m'a pas menti. Aucune barre de réseau n'apparaît. Et bien entendu, la batterie est presque vide.

Je retourne dans le salon, et demande à mon hôte qui m'attend assis sur le canapé:

— Vous pourriez me prêter votre chargeur, par hasard?

Il m'a sauvé la vie et préparé un thé, il ne va pas s'arrêter là dans son hospitalité, si?

Il secoue la tête et répond:

— Non, désolé, je n'ai pas de téléphone portable.

Pas de portable? Mais qui est ce mec?

4

Joshua

Je fixe la femme qui se trouve dans mon salon. Heather Carter. Ce nom ne me dit rien tout comme son visage. Ses grands yeux verts, ses cheveux blonds... Si je l'avais déjà croisée, je m'en souviendrais.

Elle vient de te dire qu'elle s'est perdue. Elle n'est pas du coin, tu ne peux pas la connaître.

Elle tient son téléphone portable comme si c'était une bouée de sauvetage. Son expression est un mélange de frustration et de peur mal dissimulée. Je comprends sa réaction. Se réveiller dans un endroit inconnu, chez un étranger, sans moyen de communication... Ça doit être angoissant.

— Pas de portable? répète-t-elle comme si je venais de lui annoncer que je suis en vérité un extraterrestre.

Je ne peux m'empêcher de sourire légèrement. Le filtre entre son cerveau et sa bouche semble défectueux.

— Je ne capte pas chez moi, à quoi bon en avoir un? dis-je en haussant les épaules.

Elle hoche la tête, peu convaincue. Je lui tends une tasse de thé fumant.

— Tenez, buvez ça. Ça vous réchauffera.

Elle hésite un instant avant de s'asseoir à mes côtés et de prendre la tasse. Ses doigts effleurent les miens et je ressens un frisson inattendu. Je m'éclaircis la gorge, mal à l'aise.

— Écoutez, dis-je en m'asseyant dans le fauteuil en face d'elle, je sais que la situation n'est pas idéale. Mais je vous assure que vous êtes en sécurité ici.

Elle prend une gorgée de thé, ses yeux ne quittant pas les miens. Ils sont magnifiques. Verts avec des petites pointes d'or et elle a de longs cils noirs qui les bordent.

— Merci, murmure-t-elle. Pour le thé. Et pour m'avoir sauvée.

Je hausse les épaules.

— Vous ne m'avez pas vraiment laissé le choix, vous êtes littéralement tombé dans mes bras.

Un sourire se dessine sur ses lèvres avant qu'elle ne porte la tasse à celles-ci.

Un silence s'installe, uniquement perturbé par le crépitement du feu dans la cheminée. Je l'observe discrètement. Malgré son état débraillé, elle dégage une certaine élégance. Ses vêtements, bien que froissés, semblent de bonne qualité.

— Alors, reprend-elle, brisant le silence. Vous vivez seul ici?

Je hoche la tête.

— Depuis combien de temps?

— Quelques années.

Elle fronce les sourcils, visiblement frustrée par mes réponses laconiques.

— Et vous faites quoi dans la vie, à part sauver les demoiselles en détresse?

— Je suis éleveur de lamas.

Ses yeux s'écarquillent de surprise.

— Des lamas? Ici, dans le Vermont?

Je hoche la tête, amusé par sa réaction.

— Oui, j'ai un petit troupeau. C'est une activité qui gagne en popularité, vous savez.

— J'imagine, dit-elle, semblant encore abasourdie. Et... comment on en vient à élever des lamas?

Je hausse les épaules.

— C'est la ferme familiale. Je travaillais avec mes parents depuis quelques années déjà et ils sont partis à la retraite l'année dernière. Et vous, que faites-vous dans la vie, Heather?

Je la vois hésiter un instant, comme si elle pesait le pour et le contre de me dire quelque chose. Finalement, elle répond :

— Je suis chirurgien cardiaque. Rien de bien excitant comparé à l'élevage de lamas.

— Rien de bien excitant ? Vous sauvez littéralement des vies !

— C'est… c'est plus monotone qu'on ne le croit.

— Tout de même… et à quel endroit pratiquez-vous ?

— Montréal ?

Sa réponse ressemble plus à une question qu'une affirmation, mais je suppose qu'elle est encore un peu sonnée par les récents événements.

— Et qu'est-ce qui vous amène dans le Vermont, un patient ?

— Vous êtes bien curieux tout à coup.

— J'essaie juste de faire la conversation, vous savez, pour vous prouver que je suis à peu près normal.

— Je suis certaine que beaucoup de gens tordus sont capables de faire la conversation.

— Possible.

Je bois une gorgée de thé. Si elle ne veut pas parler, je ne vais pas la forcer non plus. Mais au bout de quelques secondes de silence, elle admet :

— Je me rendais à Boston pour rejoindre ma famille.

— Oh... vous avez des enfants?

Elle secoue la tête.

— Non pas une famille dans le sens un mari et des enfants. Mes parents en fait.

— Je vois.

Avec Noël qui approche, je suppose que c'est logique. J'imagine qu'une chirurgienne a aussi les moyens de se payer un billet d'avion pour faire Montréal Boston, mais va savoir, elle a probablement une bonne raison d'avoir préféré la voiture.

Je sens qu'elle ne me dit pas toute la vérité, mais je ne la pousse pas. Après tout, nous sommes des étrangers l'un pour l'autre. Et je ne compte pas lui raconter toute ma vie non plus.

— Vous voulez manger quelque chose? demandé-je au bout d'un moment.

— Non. Je crois... en vérité, je suis morte de fatigue.

Elle lance un regard vers l'extérieur.

— Vous allez devoir passer la nuit ici. Votre voiture doit déjà être ensevelie sous la neige. Et vu ce qu'il tombe, je ne peux même pas vous proposer de vous accompagner au village en moto-neige.

— En moto-neige, répète-t-elle comme si ce mot lui était inconnu.

— Oui, c'est plutôt utile dans le coin quand les routes ne sont pas dégagées.

— Et ça arrive souvent qu'elles ne le soient pas?

Je hausse les épaules.

— Ça dépend des années. Bien entendu, dans le centre-ville c'est mieux entretenu, mais ici on est un peu au milieu de nulle part.

— Je vois.

Elle déglutit difficilement.

— Il se fait tard, annoncé-je en me levant. Je vais vous montrer où vous pouvez dormir.

Je la sens hésiter avant de me suivre dans le couloir qui conduit à la chambre d'amis. Son anxiété est palpable.

Je lui fais signe de passer devant moi. Elle pénètre dans la chambre et observe autour d'elle comme si elle cherchait un indice qui lui confirmerait qu'elle doit prendre ses jambes à son cou.

— La chambre se verrouille de l'intérieur, lui précisé-je. Vous êtes seule au rez-de-chaussée, ma propre chambre est à l'étage.

— OK... merci.

— Il y a une salle de bains derrière cette porte. Vous y trouverez tout le nécessaire sous le lavabo.

— Super.

— Vous avez besoin de quelque chose d'autre, Heather?

Elle ferme les yeux un instant et je comprends que ce qu'elle s'apprête à me demander lui coûte.

— Je ne voudrais pas avoir l'air d'abuser de votre hospitalité, mais vous pensez que c'est possible de vous emprunter des vêtements secs?

5

Heather

Je me réveille en sursaut. Pendant un instant, je ne sais plus où je suis. La panique m'envahit, alors que mes yeux balayent la pièce inconnue. Ce n'est ni ma chambre d'hôtel à Montréal, ni mon appartement à Boston.

Puis, les souvenirs de la veille me reviennent. L'accident. La neige. Joshua.

Je me lève, encore un peu chancelante. Je retrousse les manches du t-shirt prêté par Joshua qui est semble-t-il l'un des siens, puisqu'il est beaucoup trop grand. Heureusement pour moi, il m'a déniché un bas de jogging à ma taille, qui appartient à une certaine April.

Je n'ai aucune idée de qui est April et je n'ai pas demandé. J'étais bien trop épuisée et heureuse d'avoir des vêtements secs pour me soucier d'autre chose.

Je m'approche de la fenêtre. Mes muscles protestent à chaque mouvement, me rappelant douloureusement ma promenade enneigée de la veille. D'un geste, j'écarte le rideau, curieuse de voir à quoi ressemble le paysage en plein jour et surtout de savoir si la tempête s'est calmée.

C'est alors que je me retrouve nez à nez avec une créature qui me fixe de ses grands yeux bruns. Un cri strident s'échappe de ma gorge avant même que mon cerveau n'ait le temps d'analyser ce que je vois.

Dans la seconde qui suit, des bruits de pas résonnent et j'entends la voix rauque de Joshua derrière la porte.

— Heather? Qu'est-ce qui se passe? grogne-t-il.

Il montait la garde ou quoi?

Mon cœur bat la chamade. Je cligne des yeux plusieurs fois, comprenant enfin ce qui se trouve devant moi.

Un lama! Un foutu lama me regarde à travers la vitre, l'air aussi surpris que moi.

— Heather? répète Joshua, sa voix trahissant une impatience grandissante.

Je me dirige vers la porte, encore un peu chancelante. J'ouvre, me retrouvant face à mon hôte, une casserole à la main, visiblement prêt à affronter un quelconque danger.

— C'est rien, dis-je, essayant de reprendre contenance. C'est juste... il y a un lama qui m'observe par la fenêtre.

Joshua baisse les yeux vers sa casserole, comme s'il réalisait soudain l'absurdité de son arme de fortune. Un juron étouffé s'échappe de ses lèvres.

— Encore cet idiot, marmonne-t-il. Il a dû se faufiler sous la barrière, une fois de plus.

— C'est dangereux pour lui s'il reste dehors?

— Les lamas ne sont pas en sucre. Mais il ferait mieux de retourner à l'étable s'il ne veut pas rater le repas.

— Ah oui... je vois.

Joshua me fixe un moment. Ce matin, il porte une chemise similaire à celle d'hier, mais ses cheveux sont plus ordonnés, sa barbe me semble plus courte aussi. Il est plutôt bel homme si on aime le style bûcheron ermite. Ou plutôt éleveur bourru de lamas du Vermont refusant d'être esclave de son téléphone.

Il se râcle la gorge et demande sèchement:

— Bien dormi?

Bien dormi?

Disons qu'au départ entre les péripéties de ma soirée et le fait que je n'étais pas certaine à 100 % qu'il n'allait pas défoncer la porte à coups de hache (j'avais fermé à clé) je n'étais pas assez sereine pour m'endormir. Mais j'ai bien fini par succomber à l'appel de Morphée. Et force est de constater que j'ai plutôt bien dormi.

— Comme un bébé.

— Ce qui explique que vous ayez dormi si tard.

— Hein? Quelle heure est-il?

Je n'ai pas de montre et il n'y a pas d'horloge dans cette chambre.

— Presque midi, répond Joshua sans cacher son agacement.

— Non? C'est vrai?

— J'ai pas l'habitude de mentir.

Il est presque midi? Ça veut dire que j'ai dormi...

— Je n'ai pas dormi aussi tard depuis, je ne sais pas... la fac?

— Eh bien, c'est que vous en aviez besoin.

— Je suis désolée... j'abuse de votre hospitalité. Je...

— Y'a pas mort d'homme, me coupe-t-il. De toute façon, c'est pas comme si vous pouviez repartir tout de suite.

— Hein? Pourquoi? Maintenant qu'il fait jour, je dois pouvoir trouver une dépanneuse. Vous avez un ordinateur que je peux utiliser? Pour contacter mon assistante par email, elle arrangera tout.

— Je doute que votre assistante puisse faire quoi que ce soit.

— Oh! Yara est très compétente, elle...

— Vous avez vu la hauteur de neige dehors? me coupe-t-il sèchement. Et le soleil n'est pas revenu, il neige encore. Alors à moins d'un miracle, la route sur laquelle se trouve votre voiture est loin d'être praticable. Votre assistante est peut-être hyper compétente pour gérer votre planning d'intervention, vos patients ou je ne sais quelle tâche que vous lui confiez. Mais elle ne ferra pas le poids face à cette tempête.

Mes patients? Punaise! C'est vrai que je lui ai dit que j'étais chirurgien.

— Oui, vous avez raison... je suppose qu'une secrétaire médicale ne peut pas arrêter les catastrophes naturelles.

— Bon, vu que vous n'êtes pas partie tout de suite. J'en déduis que vous devez avoir faim. Rejoignez-moi dans la cuisine quand vous serez prête.

Son ton ne laisse pas place à la discussion. Il tourne les talons sans attendre ma réponse, me laissant seule avec mes pensées et le lama qui continue de m'observer par la fenêtre.

Je suppose que c'est sa façon conviviale de m'inviter à déjeuner?

6

Joshua

Je retourne à la cuisine, posant la casserole sur le plan de travail avec un soupir exaspéré.

Non mais à quoi je pensais en partant en courant avec une casserole?

Il a fallu que cette femme tombe en panne à côté de chez moi! Maintenant, me voilà en train de jouer les hôtes pour une citadine perdue qui crie à la vue d'un lama.

Je jette un coup d'œil par la fenêtre. La neige continue de tomber. Elle est moins drue qu'hier mais cette tempête ne semble pas vouloir s'arrêter. Ce qui signifie que je vais devoir supporter cette Heather plus longtemps que prévu.

Je secoue la tête, tentant de chasser cette pensée. Ce n'est pas comme si j'avais le choix. Je ne peux pas la mettre dehors par ce temps, même si une partie de moi aimerait bien retrouver ma tranquillité.

Machinalement, je commence à préparer le déjeuner. J'espère que Madame la chirurgienne ne s'attend pas à de la grande cuisine. Ce sera une omelette et des pommes de terre. Simple, mais nourrissant. C'est ce dont nous aurons besoin après sa mésaventure d'hier et ma matinée dans l'étable.

Tout en cuisinant, je repense à notre rencontre. À son malaise dans mes bras, à son visage pâle mais gracieux éclairé par les flammes. À son regard reconnaissant quand elle m'a souhaité une bonne nuit.

Je secoue à nouveau la tête. Qu'est-ce qui me prend? Ce n'est qu'une étrangère de passage. Dans quelques heures, quand la tempête se sera calmée, elle repartira et tout redeviendra comme avant.

J'entends des pas hésitants dans le couloir. Elle arrive. Je prends une profonde inspiration, me préparant mentalement à sa présence.

— Vous pouvez entrer, lancé-je par-dessus mon épaule. C'est presque prêt.

Son pas est léger sur le parquet. Je me retourne, une assiette à la main, pour voir Heather sur le seuil de la cuisine. Ses cheveux sont en désordre, ses yeux encore un peu gonflés de sommeil. Mon t-shirt est bien trop grand pour elle, tombant presque jusqu'à ses genoux.

Pour une raison que j'ignore, cette vision me fait quelque chose. Je détourne rapidement le regard, me concentrant sur la nourriture dans l'assiette.

— Asseyez-vous.

Je me rends compte que mon ton est un peu directif, alors j'ajoute en essayant d'être un peu plus doux:

— Tenez, mangez tant que c'est chaud.

Elle s'installe sans un mot, ses yeux parcourant la pièce avec curiosité. Je pose l'assiette devant elle, puis m'assois en face avec la mienne.

Un silence gêné s'installe alors que nous commençons à manger. Je ne sais pas quoi dire. Les conversations n'ont jamais été mon fort, surtout avec des étrangers, contrairement à mes sœurs April et Riley qui ne font que piailler en permanence.

Finalement, c'est Heather qui rompt le silence:

— Merci, dit-elle doucement.

— Ce ne sont que des œufs.

— Non, je veux dire pour tout. Pour m'avoir sauvée hier, pour m'avoir hébergée, pour ce repas...

Je hausse les épaules, mal à l'aise face à sa gratitude.

— Ce n'est rien. N'importe qui aurait fait pareil.

Elle secoue la tête. Mal à l'aise, je décide de lui parler de son assiette.

— J'espère que vous aimez les oeufs...

Au moment où ma remarque sort de ma bouche, je me rends compte combien elle est stupide. Elle est littéralement en train de dévorer son assiette! Elle lève les yeux et m'adresse un sourire. Oui, je crois qu'elle apprécie. Qu'elle avait la dalle aussi!

— C'est délicieux! Et c'est exactement ce qu'il me fallait, merci Joshua.

— C'est Josh, réponds-je d'un ton bourru.

Elle écarquille légèrement les yeux, alors je reprends plus doucement:

— Mes amis m'appellent Josh. Il n'y a que les impôts, le pasteur et la police qui m'appellent Joshua.

Et mes sœurs quand je les agace. Mais ça, je le garde pour moi.

— Vous estimez donc être ami avec tout le monde mis à part ces quelques exceptions? plaisante-t-elle.

Malgré moi un sourire fleurit sur mes lèvres. Elle continue de manger et quand elle a fini son assiette, elle demande:

— Vous pensez qu'il y a une chance que j'arrive à récupérer ma voiture dans la journée?

— La neige devrait se calmer dans l'après-midi. Mais je ne sais pas si vous arriverez à aller bien loin. Il va falloir du temps avant que les routes soient dégagées.

— Est-ce qu'il y a un endroit où je pourrais loger en ville vous pensez? Un hôtel peut-être?

— J'ai peur que le seul hôtel de Holly Springs soit complet avec les fêtes qui arrivent bientôt.

Son visage se décompose. Je peux comprendre, je viens littéralement lui annoncer qu'elle est toujours en pleine galère. Il lui faut un endroit pour dormir à Holly Spring, c'est certain. Une pensée jaillit alors dans mon esprit.

Oui, c'est une bonne idée tiens!

— Je vais me renseigner, mais je pense à une autre solution.

— Une autre solution? répète-t-elle, l'air intrigué.

Je hoche la tête, me levant pour aller chercher le téléphone fixe accroché au mur. Je compose le numéro de Candice, la propriétaire du *Maple Vibe* et figure incontournable de Holly Springs. Candice fait partie de ces gens toujours prêts à ouvrir leurs portes aux inconnus. Elle ne dira pas non à une jeune femme en détresse.

Après quelques sonneries, j'entends la voix chaleureuse de la vieille dame.

— Allô, Josh chéri! Quelle surprise de t'entendre!

— Bonjour Candice. J'espère que je ne te dérange pas?

— Oh non, pas du tout! Quand un des célibataires le plus convoités de Holly Springs m'appelle, j'ai toujours du temps pour lui.

Je lève les yeux au ciel. Candice pourrait flirter avec un lampadaire s'il battait des cils.

— J'ai une petite faveur à te demander. J'ai une... invitée inattendue chez moi à cause de la tempête. Je me demandais si tu pourrais l'héberger quelques jours, le temps que les routes soient dégagées? Elle s'est retrouvée bloquée sur la route près de la ferme et même si elle récupère sa voiture, je doute qu'elle puisse aller plus loin que les limites de la ville.

Il y a un moment de silence à l'autre bout de la ligne.

— Oh, mon grand, j'aurais adoré vous aider ton amie et toi, mais je ne peux pas. Tu te souviens que Sam est de retour en ville? Elle s'est installée chez moi.

Mince, c'est fort possible qu'elle m'en ait parlé la dernière fois que je suis passé au café. Mais le taux d'informations que Candice peut mettre dans une conversation est vraiment élevé. Il est impossible de tout retenir.

— Oh... eh bien oui, j'avais oublié.

— Et ce n'est pas tout, continue Candice avec enthousiasme. Tu sais que je suis tombée de mon escabeau en faisant le sapin?

— Oui, April m'en a parlé.

— Un amour ta petite sœur! Elle m'aide tellement avec *Maple vibe*! Bref, je ne vais pas pouvoir rejoindre Nick en Floride pour les fêtes, alors figure-toi qu'il m'a fait la surprise de débarquer ici!

— Nick est en ville? Eh bien tu lui passeras le bonjour de ma part.

Nick, son petit-fils, et moi étions dans le même lycée. À l'époque, on traînait souvent ensemble.

— Donc tu comprends, ce n'est pas que je ne veux pas aider ton amie, mais avec Sam et Nick à la maison, je n'ai plus du tout de place.

Sam et Nick sont chez elle, ensemble?

Sous le même toit.

Ça, c'est une situation qui est peut-être bien pire que la mienne.

— Je comprends, Candice. Ne t'inquiète pas.

— Je suis désolée de ne pas pouvoir t'aider, Josh. Mais dis-moi, qui est cette mystérieuse invitée?

J'aurais dû me douter que si je lui donnais un info de ce genre, elle allait vouloir creuser. Je jette un coup d'œil à Heather, qui est toujours dans la cuisine en train de terminer son assiette.

— C'est une médecin de Montréal qui est tombée en panne près de ma ferme. Je l'ai hébergée pour la nuit.

— Eh bien, je crois qu'elle va devoir prolonger son séjour chez toi. Cette satanée neige n'a pas l'air de vouloir se calmer.

— Oui. Je vais voir s'il n'y a pas quelqu'un d'autre qui pourrait...

— Joshua, Nathanael Fletcher! Ne me dis pas que tu es en train d'essayer de te débarasser de cette pauvre jeune femme! Tes parents t'ont mieux éduqué que ça!

— Non, non, pas du tout! m'empressé-je d'ajouter.

Je jette un coup d'œil nerveux vers mon invitée qui semble toujours absorbée dans ses propres pensées.

— Bien. Tu sais mon grand, la vie ne met pas par hasard les gens sur notre chemin.

— Oui probablement, marmonné-je.

— Je suis certaine que cette jeune femme, qui quelle soit, a quelque chose à t'apporter. Et n'oublie pas qu'elle est probablement très mal à l'aise dans cette situation. Donc essaie de lui montrer le meilleur de toi-même. Pas la version bourrue et rustre que tu présentes en général aux étrangers.

— Je ne fais pas ça!

Elle renâcle.

— N'oublie pas ce que je t'ai dit Josh, soit gentil. Maintenant je te laisse c'est l'heure de mon médicament. Et Sam ne rigole pas avec le protocole.

7

Heather

Pas d'endroit pour dormir en ville. C'est ce que m'a annoncé Joshua, il y a quelques minutes.

Je pourrais lui demander d'utiliser sa ligne téléphonique pour appeler Yara et lui demander de me trouver quelque chose. Je suis certaine qu'elle se débrouillera. Elle serait même capable de m'envoyer l'armée pour m'extirper de cette situation. Mais est-ce que je vais le faire ?

Non.

Déjà, je n'ai plus de batterie et je ne connais pas le numéro de mon assistante par cœur. Je suis sûre que si c'était une question de vie et de mort, je trouverais un moyen de la joindre. Mais je ne sais pas... je n'ai pas envie. Peut-être parce que pour la première fois depuis des mois... non des années, j'ai fait une grasse matinée. Peut-être aussi parce que j'ai l'impression que coincée ici, je respire. C'est paradoxal, j'en suis consciente. Mais n'est-ce pas ce que je cherchais en me rendant à Boston? Le besoin de respirer. De sortir de ce quotidien millimétré par le boulot, les obligations, cet univers toxique dans lequel on vient justement de m'ajouter une plante encore plus vénéneuse que les autres?

Alors, si je dois passer une nuit de plus ici avec un fermier un peu rustre, pourquoi pas. Je suis presque certaine qu'il ne viendra pas m'assassiner dans la nuit. Sinon, il l'aurait déjà fait... je pense?

Je ne le connais que depuis quelques heures, mais je serais prête à parier qu'il aboie mais ne mord pas. Il suffit de voir comment il parlait tout à l'heure au téléphone en essayant de me chercher une chambre. Je ne sais pas qui était sa correspondante exactement, mais il y avait une certaine douceur dans sa voix quand il s'adressait à elle. Et alors qu'il vient de m'apprendre que son plan ne marcherait pas, il a aussi ajouté:

— Vous pouvez rester ici. OK, il avait une expression constipée et on aurait dit qu'il m'annonçait qu'il allait se faire extraire les molaires, mais il a tout de même proposé.

— La neige devrait se calmer d'ici une heure, on en profitera pour aller voir votre voiture. En attendant, il faut que j'aille m'occuper des lamas.

— OK. Je peux venir avec vous?

Il ne prend même pas la peine de cacher son étonnement. Ses sourcils remontent jusqu'à la limite de ses cheveux.

— Quoi? Ça vous étonne que je veuille aller voir les lamas? J'ai crié ce matin, car je ne m'attendais pas à en trouver un directement derrière le rideau, mais ça ne veut pas dire qu'ils me font peur.

— Euh… si ça vous amuse…

— Ce n'est pas comme si j'avais 50 trucs à faire. J'ai le choix entre vous accompagner ou fouiller dans vos affaires pendant votre absence. Vous préférez quoi?

— Enfilez une veste, grogne-t-il.

Je m'approche de l'entrée où il a suspendu mon manteau de créateur hier. Celui-ci a bien moins fière allure maintenant qu'il a séché. Mais je pense que les lamas s'en moquent.

J'entends un gros soupir derrière moi, puis la voix de Josh toute proche.

— Mettez-ça plutôt.

Je me tourne vers lui alors qu'il me tend un blouson qui a l'air chaud et plus approprié à la température extérieure. C'est certain que ce sera beaucoup plus adapté pour me rendre dans une étable. Josh soupire et je comprends qu'il attend que je m'habille. Il me tient le vêtement et m'aide à l'enfiler comme s'il était un gentleman et que nous venions de dîner dans un restaurant chic. Mais là où il me surprend vraiment c'est quand il se penche pour remonter lui-même la fermeture éclair.

Je ne sais pas si je dois trouver mignon ou me sentir vexée qu'il considère que je ne sais pas m'habiller seule?

Ses doigts frôlent mon visage, je réprime un frisson. Nos regards s'accrochent et pendant le temps d'une seconde je me perds dans le bleu de ses iris. Son regard est hypnotisant.

Il a un mouvement de recul vif, comme s'il venait de se rendre compte que ça ne se fait pas de fixer ainsi les gens. Il attrape sa propre veste et l'enfile sans un mot, puis nous mettons tous deux nos bottes. Il me fait signe de le suivre.

Nous sortons dans l'air froid, nos pas crissent dans la neige fraîche. Le blouson que Joshua m'a prêté est un peu grand mais me tient bien au chaud, et je suis heureuse de ne pas avoir insisté pour porter mon manteau.

L'étable n'est pas loin de la maison. L'odeur de foin et d'animaux m'assaille dès que je passe la porte, mais ce n'est pas désagréable. C'est une effluve… vivante. Plusieurs lamas nous regardent avec curiosité. Je ne peux m'empêcher de sourire en les voyant. Ils sont vraiment adorables avec leurs grands yeux et leur fourrure duveteuse.

— Oh, ils sont tellement mignons! m'exclamé-je, incapable de contenir mon enthousiasme.

Joshua me jette un regard sceptique, puis se met au travail. Je l'observe pendant qu'il vérifie leur eau, leur donne du foin frais et nettoie leurs box. Il est méthodique et attentif, prenant soin de chaque animal avec une douceur que je n'aurais pas soupçonnée chez lui. Il leur parle avec des mots que je n'arrive pas vraiment à décrypter vu la voix grave et douce qu'il utilise. Je trouve ça étrangement sexy.

Sexy un mec qui murmure à l'oreille des lamas? Le froid t'a congelé les neurones, Heather?

— Vous vous occupez vraiment bien d'eux, dis-je pour rompre le silence.

Il hausse les épaules, mais je vois un petit sourire se dessiner sur ses lèvres.

— Comment s'appellent-ils?
Joshua secoue la tête.

— Ils n'ont pas vraiment de noms. Ce sont des animaux d'élevage, pas des animaux de compagnie.

— Oh, je vois.

Au moment où je me fais la réflexion que c'est tout de même dommage que des lamas aussi mignons n'aient pas de petit nom, il soupire.

— Il y en a un que ma sœur April a surnommé Lamalle.

— Pourquoi celui-là en particulier?

Joshua pointe du doigt un lama qui se tient un peu à l'écart des autres. Je le reconnais immédiatement: c'est celui qui m'a surprise ce matin devant ma fenêtre.

— Celui-là, il s'enfuit tout le temps. Il trouve toujours un moyen de s'échapper de l'enclos donc je vous laisse deviner comment elle a eu l'idée de le surnommer comme ça.

Je ne peux m'empêcher de rire.

— C'est plutôt bien trouvé!

Je m'approche doucement de Lamalle, tendant la main vers lui. À ma grande surprise, il ne recule pas et me laisse le caresser.

— On dirait qu'il vous aime bien, remarque Joshua.

— Peut-être qu'il s'est senti coupable de m'avoir fait peur ce matin?

Un autre lama se rapproche, plus petit. Celui-ci a une fourrure blanche qui a été rasée au niveau de son cou ce qui lui donne un air à mi-chemin entre l'autruche et sa propre espèce.

— C'est une espèce différente?

— Oui, lui c'est un Alpaga. Sa laine est plus fine et douce.

— Vous vendez la laine directement à la ferme?

— En général non, mais j'ai quelques clients locaux de confiance.

— De confiance? m'amusé-je.

— J'aime que la laine issue de mon dur labeur soit travaillée avec soin. En vérité, il n'y a vraiment que Kate qui sache le faire correctement dans le coin.

— Kate...

Encore un nom féminin. Il a l'air d'y avoir beaucoup de femmes dans sa vie: Candice, Riley, Kate, April... OK il a précisé que cette dernière était sa sœur. Et pourquoi je me demande qui sont ces femmes d'ailleurs? Cela ne me regarde pas.

— Kate est spécialisée dans les patrons de tricot. Elle a plutôt bien réussi dans ce domaine. C'est un peu la rock star des aiguilles, si on peut voir les choses ainsi.

Une rock star des aiguilles? Décidément, Holly Springs est pleine de surprises!

Nous passons encore un moment dans l'étable, Joshua finissant ses tâches pendant que je fais connaissance avec les lamas. C'est une expérience étrangement apaisante, loin du stress de ma vie habituelle.

Quand nous ressortons enfin, je me sens détendue et de bonne humeur. Joshua me regarde du coin de l'œil.

— Vous semblez avoir apprécié, dit-il.

Je hoche la tête.

— C'était... rafraîchissant. Merci de m'avoir laissée venir.

Il hausse les épaules, mais je vois un petit sourire se dessiner sur ses lèvres.

— La neige s'est calmée. On devrait pouvoir aller voir votre voiture maintenant, si vous voulez.

J'acquiesce, mais une partie de moi se demande si je suis vraiment pressée de partir.

8

Joshua

Heather part en direction de la route.

— Pas si vite, Docteur! On ne va pas y aller à pied.

Elle s'arrête net, me regardant avec confusion.

— Comment alors? Vous avez un traîneau tiré par des lamas caché quelque part?

Je pointe du doigt la grange.

— Pas tout à fait. On va prendre la motoneige.

Ses yeux s'écarquillent.

— Heu... vraiment?

Je me dirige vers le bâtiment, Heather sur mes talons. En ouvrant la porte, je dévoile ma fidèle motoneige rouge.

— Voilà notre moyen de transport, annoncé-je fièrement.

Heather semble partagée entre l'excitation et l'appréhension.

— Je ne suis jamais monté sur un de ces engins, avoue-t-elle.

— Il y a un début à tout. Allez, grimpez.

J'enjambe la machine et lui fais signe de me rejoindre. Elle hésite un instant avant de s'approcher.

— Euh... où est-ce que je dois me mettre?

— Derrière moi. Accrochez-vous bien.

Elle grimpe maladroitement, ses mains cherchant où se poser.

— Comme ça?

— Non, pas comme ça. Vous allez tomber au premier virage. Mettez vos bras autour de ma taille.

Elle s'exécute, se rapprochant considérablement. Je sens soudain son corps pressé contre mon dos, ses bras m'enlaçant fermement. Une vague de chaleur me parcourt malgré le froid ambiant.

— C'est... c'est mieux comme ça? demande-t-elle, sa voix légèrement tremblante.

Je déglutis, tentant de garder mon calme.

— Parfait. Tenez-vous bien, on y va.

Je démarre le moteur, essayant de me concentrer sur la route devant nous, plutôt que sur la sensation de son corps contre le mien. Alors que nous nous élançons sur la neige, j'entends Heather pousser un petit cri de surprise, resserrant son étreinte.

Cette proximité inattendue me trouble plus que je ne veux l'admettre. Le trajet jusqu'à sa voiture va être plus mouvementé que prévu, et pas seulement à cause du terrain accidenté...

Quelques minutes plus tard, qui m'ont paru une éternité, nous arrivons enfin à sa voiture, à moitié ensevelie sous la neige. Après plusieurs tentatives, celle-ci refuse de démarrer. J'ouvre le capot et commence à examiner le moteur, cherchant ce qui pourrait clocher. Heather se tient à côté, sautillant d'un pied sur l'autre pour se réchauffer.

— Je me sens tellement inutile, je n'y connais rien en voitures, dit-elle.

— Vous vous y connaissez déjà en mécanique humaine, c'est pas mal.

Elle grimace et j'ajoute :

— Je ne suis pas certain d'être beaucoup plus expert. Je connais quelques trucs de base, mais ça s'arrête là.

Je continue mon inspection un moment. Heureusement, j'ai une caisse à outils sur la motoneige. Mais au bout de quelque temps le verdict est sans appel.

— J'ai une mauvaise nouvelle. L'alternateur a rendu l'âme.

Le visage d'Heather se décompose.

— Oh non... Est-ce que c'est grave? Ça se soigne?

Je ne peux m'empêcher de sourire à sa métaphore médicale.

— Ça se répare, oui. Mais pas sans pièces de rechange et un bon mécanicien.

— Pitié, dites-moi qu'il y en a un à Holly Springs...

— Oui, mais... le seul garage de Holly Springs est fermé pour les fêtes.

— Dites-moi que pour lui la fin des fêtes c'est demain.

Je secoue la tête en grimaçant.

— En général, il ne rouvre pas avant le nouvel an.

— OK... ne paniquons pas... dans les villes environnantes, il y a bien...

— Les routes sont coupées, Heather. Donc même si on trouve un garage, il ne va pas pouvoir remorquer la voiture tout de suite. Du moins pas aujourd'hui.

Elle commence à faire les cent pas et marmonne:

— Génial. Je suis coincée au milieu de nulle part, avec une voiture en panne, pendant les fêtes, au milieu des lamas. C'est comme le début d'une mauvaise comédie romantique de Noël!

Je ricane malgré moi.

— Ne vous inquiétez pas, je ne suis pas le beau fermier célibataire qui va vous faire redécouvrir la magie de Noël.

Elle tourne la tête et me dévisage avec un mélange d'effroi et de surprise.

— Ce n'est pas... ce que... je n'imaginais pas. Non! Je... vous êtes fermier mais je...

Elle se met à rougir violemment.

— Et je n'ai rien contre les lamas! Juste la voiture en panne! Et d'ailleurs j'adore Noël!

Son rire est nerveux.

— Pas besoin de me faire redécouvrir la magie de Noël ou je ne sais quoi... enfin, bon. Ma voiture est en panne. C'est la merde.

— On va trouver une solution.

Je n'ai pas le début d'une solution et je ne sais pas à quel moment j'ai décidé que c'était à moi de la trouver. Mais quand son regard se pose sur moi et qu'elle soupire:

— Merci.

Je comprends que ce n'est pas de sitôt que je vais me débarrasser du Docteur Heather Carter.

Le retour à la ferme se fait dans le silence, si ce n'est le bruit du moteur de la motoneige. Une fois descendu de celle-ci, je ne peux m'empêcher de jeter des coups d'œil furtifs à Heather. Elle semble absorbée par le paysage, ses yeux brillent d'émerveillement. C'est... attendrissant.

Non, Joshua, ne commence pas.

— Alors, dit-elle soudainement, brisant le silence, tandis que nous marchons jusqu'au porche, vous ne donnez vraiment pas de noms à vos lamas?

Je tourne la tête vers elle, haussant un sourcil. Encore cette histoire?

— Je vous l'ai dit, ce sont des animaux d'élevage.

— Oui, mais… même pas de petits surnoms? insiste-t-elle. Ça doit être pratique pour les différencier, non?

Je soupire intérieurement. Cette femme ne lâche jamais l'affaire ou quoi?

— Je les reconnais sans avoir besoin de noms. Et puis, donner des noms, ça crée de l'attachement.

— Et c'est si mal que ça? demande-t-elle doucement.

Sa question me prend au dépourvu. Je prends un moment avant de répondre, choisissant soigneusement mes mots.

— Dans ce métier, il faut savoir garder ses distances. C'est plus simple ainsi.

Elle hoche la tête, semblant comprendre. Mais il ne lui faut pas plus de trente secondes pour poser une autre question:

— Et la ferme elle a un nom?

— La ferme Fletcher.

— Hyper original.

— Et comment je devrais l'appeler d'après-vous? m'agacé-je.

— Pourquoi pas Lama Zone.

— Lama Zone?

Elle a l'air ravie de sa trouvaille.

— Oui, vous avez le jeu de mots, n'est-ce pas?

Je soupire bruyamment.

— Malheureusement oui.

Je tape mes bottes sur le porche pour enlever l'essentiel de la neige et je déverrouille la porte. Heather m'imite. Alors que je dézippe ma veste elle continue de babiller:

— J'ai réfléchi, si j'avais un lama, je l'appellerai Dalaï.

— Une chance alors que vous n'en ayez pas, dis-je en retirant mon bonnet.

— Pourquoi? C'est cool Dalaï comme nom. Ou alors, je pourrais l'appeler Rocaine! Lama Rocaine!

Je quitte l'entrée pour qu'elle ne me voie pas lever les yeux au ciel. Mais apparemment le Docteur Carter a un don pour tout savoir.

— Ne prenez pas cet air exaspéré! C'est votre sœur qui a commencé avec Lamalle. Et je reste persuadée que c'est cool de donner un nom aux lamas. Oh je sais, Jorette! Lama Jorette!

Seigneur.

Je lance la bouilloire dans la cuisine. Je sors la boîte d'herbes à infusion, mais je ne peux pas longtemps ignorer Heather qui est toujours derrière moi. Quand je me retourne, elle me dévisage, les bras croisés, un sourire amusé aux lèvres.

— Ok, j'arrête avec les noms de lamas, annonce-t-elle.

— À la bonne heure!

— Parlons d'autre chose.

Je me retiens de suggérer que sinon on peut aussi rester silencieux.

— Pour Noël? Quels sont vos plans?

— Noël?

— Oui, vous savez, cette fête où on échange des cadeaux, on mange trop et on supporte les blagues lourdes de sa famille, plaisante-t-elle.

— Je connais le concept, merci.

— Alors? insiste-t-elle.

Je hausse les épaules.

— Rien de spécial. Les animaux ont besoin d'être nourris, même le 25 décembre.

— Vous ne le fêtez pas avec votre famille? Votre sœur April, par exemple?

— Si, je vais déjeuner avec elle et Riley, mon autre sœur.

Je réponds à la question qui semble lui brûler la langue.

— Et nos parents sont partis en croisière. Mon père a enfin pris sa retraite et c'est le premier Noël où il ne va pas travailler. On a décidé de leur offrir ce voyage tous les trois.

— Super, ils doivent être ravis. Est-ce que votre père travaillait ici?

Je hoche la tête.

— La ferme est dans notre famille depuis 3 générations. En vérité, mes parents vivaient ici, il y a encore quelques mois. Ils ont pris une maison en ville et moi je me suis installé ici parce que c'est plus pratique pour être auprès des bêtes.

— Oh! Je vois...

— Et vous? Quels sont vos plans pour Noël?

— Un repas avec mes parents, rien de très extravagant. Je suis fille unique.

— Ils doivent être fiers de vous, j'imagine.

Elle sourit tendrement.

— Oui, même si parfois c'est dur de faire avec la célébrité.

Cette fille doit être une sacrée ponte en chirurgie pour que sa réputation aille de Montréal à Boston.

— Laissez-moi deviner? Tous leurs amis leur font passer leurs résultats d'analyse en demandant si vous pouvez y jeter un coup d'œil?

Elle a une seconde d'hésitation avant de répondre:

— C'est exactement ça!

— Au moins, j'ai pas ce problème, y'a pas grand monde qui a besoin de conseils sur les lamas.

Elle me sourit et demande:

— Dites-moi Josh et que faites-vous quand vous ne vous occupez pas de vos compagnons laineux?

9

Heather

·· ··

— Installez-vous au salon, me lance Joshua par-dessus son épaule. J'arrive dans une minute.

Je suppose que c'est sa façon de me dire qu'il répondra à ma question plus tard?

Je m'installe confortablement dans le fauteuil en cuir usé, observant Joshua qui s'affaire dans la cuisine. Malgré son apparence un peu bourrue, je commence à percevoir une certaine détente dans son attitude. Peut-être qu'après la tempête le dégel est en route? Ses épaules sont moins tendues, et son visage s'est adouci depuis notre retour.

Je laisse mon regard vagabonder sur la pièce. Il dit que c'était encore la maison de ses parents il y a quelques mois. Quelque chose me dit qu'il n'a pas dû refaire la déco... Mes yeux se posent sur la tête de cerf au-dessus de la cheminée.

Flippant.

Quelques instants plus tard, Joshua me rejoint, portant un plateau avec deux tasses fumantes et quelques biscuits sur une assiette.

— Voilà, dit-il en m'en tendant une. Ça va nous réchauffer.

Je prends la tasse entre mes mains, savourant la chaleur qui s'en dégage. Il y a quelque chose de tellement familier et d'apaisant dans cette situation. C'est quand la dernière fois qu'un homme m'a préparé un thé, sans qu'il y soit obligé parce qu'il bosse pour moi, ou une production pour laquelle je travaille? Ou bien parce qu'il attend quelque chose de moi.

Aucune idée.

Josh s'installe sur le canapé. Le contraste entre la porcelaine délicate de la tasse et cet homme à l'aspect rugueux est grand. Et pourtant, il n'y a rien de ridicule. C'est même étrangement sexy, un homme qui prend le temps de préparer un thé et des petits gâteaux pour son invitée.

Si tant est qu'on puisse me considérer comme une invitée. Disons que la tempête a un peu forcé l'invitation.

Je porte le breuvage à mes lèvres et prends une petite gorgée.

— Mmm, c'est délicieux. Qu'est-ce que c'est?

— Un mélange maison. Avec des herbes du jardin.

— Vous jardinez aussi? demandé-je, surprise.

Il hausse les épaules.

— Un peu. Les lamas me prennent beaucoup de temps, mais j'essaie de cultiver quelques herbes et légumes quand je peux et que le temps est plus clément.

Je hoche la tête, impressionnée malgré moi. Mes yeux sont attirés par l'imposante bibliothèque qui occupe tout un pan de mur.

— Et vous avez le temps de lire tous ces livres?

Joshua suit mon regard et un léger sourire apparaît sur ses lèvres.

— Pas tous, non. Beaucoup sont là depuis l'époque de mes grands-parents. Mais j'en ouvre un de temps en temps, quand j'ai un moment.

Je me lève et m'approche des étagères. Je saisis un ouvrage qui semble récent et pourtant a des signes d'usure qui montre qu'il a été lu et peut-être plus d'une fois. *Player*.

Josh se râcle la gorge et annonce:

— Celui-ci est à ma sœur.

— Vous devez avoir des lectures intéressantes, avec une telle collection, dis-je en reposant le bouquin.

Il acquiesce.

— C'est vrai. Il y a de tout: des classiques, des ouvrages scientifiques, des thrillers, de la romance...

Je me surprends à sourire, imaginant Joshua plongé dans un vieux roman poussiéreux après une longue journée à s'occuper des lamas. Cette image contraste tellement avec l'homme bourru que j'ai rencontré il y a quelques heures à peine. Finalement, ce mec est bourré de contradictions.

— Et vous, Docteur Carter? demande-t-il soudainement. Vous avez le temps de lire avec votre travail à l'hôpital?

Sa question me ramène brutalement à la réalité.

Mon travail à l'hôpital... Si seulement il savait.

— Euh, oui... enfin, pas autant que je le voudrais, bafouillé-je. Vous savez ce que c'est, les longues heures, les gardes...

Il hoche la tête, semblant comprendre. Je me sens mal à l'aise, consciente du mensonge qui plane entre nous. Mais comment lui expliquer? Comment lui dire que ma vie n'est pas du tout ce qu'il imagine? Je suis tentée de lui révéler la vérité. Mais est-ce que ce n'est pas prendre le risque qu'il change de comportement avec moi? J'ai eu trop de mauvaises expériences de ce genre. La célébrité et l'argent faussent les relations humaines...

Je me rassieds et prends une autre gorgée de thé, cherchant à me débarrasser de mes pensées amères. Le goût subtil des herbes me rappelle que je suis loin, très loin de ma vie habituelle. Et étrangement, cette idée ne me déplaît pas autant que je l'aurais cru. Cela ne fait que 24 heures que j'ai débarqué chez Josh, que je suis loin de tout, du monde frénétique dans lequel je vis habituellement. 24 heures que mon téléphone n'a pas sonné, que mes problèmes, que le stress sont remisés au placard et je me sens bien.

Oui, je me sens bien dans le salon d'un éleveur de lamas à boire de la tisane avec lui alors qu'un feu crépite dans la cheminée. Même l'œil vitreux du cerf face à nous ne peut pas m'enlever ce sentiment de plénitude.

— J'ai peut-être un ami qui pourrait vous aider avec la voiture.

— Oh…

Je n'ose pas m'emballer. J'ai déjà eu assez de déconvenues comme ça.

— Oui, je viens de me rappeler que Candice a dit que Nick son petit-fils est en ville. Il n'est pas mécano à proprement parler, mais il a assez baroudé avec tout type de véhicule pour potentiellement pouvoir trouver une solution.

— Eh bien, si vous pensez qu'il peut aider…

Josh regarde par la fenêtre.

— Le temps a l'air de s'améliorer. On va au moins pouvoir faire remorquer la voiture.

Je sens un mélange de soulagement et de déception à l'idée que mon séjour forcé pourrait bientôt prendre fin. C'est dingue! Il y a quelques heures encore je n'avais que rejoindre Boston en tête.

— On ira en ville demain, comme cela vous pourrez charger votre téléphone et contacter vos proches.

Je hoche la tête.

— Merci, Josh.

— De rien.

— Si, merci pour tout ce que vous faites. Je suis désolée de vous causer autant de soucis alors que vous avez déjà du boulot par-dessus la tête.

Un léger sourire ourle ses lèvres et il sort la dernière chose dont je l'aurais cru capable:

— Vous n'êtes pas un souci de plus, Heather. C'est même agréable d'avoir un peu de compagnie.

Je ne m'y attendais pas. Si bien que je ne sais pas quoi répondre. Que je suis ravie de me retrouver chez lui, plutôt que chez un serial killer? Que je suis contente de profiter d'une détox digitale imposée? Du coup, j'opte pour un changement de sujet:

— Dites, ça vous dérangerait si on regardait un peu la télé? Histoire de se changer les idées...

Josh me regarde avec un air amusé.

— Désolé, je n'ai pas de télévision.

— Vraiment? m'exclamé-je, surprise. Mais comment faites-vous pour...

Je m'interromps brusquement, comprenant soudain pourquoi il ne m'a pas reconnue. Pas de télé signifie pas d'émissions de cuisine, pas de publicités, pas de talk-shows... Pas de Docteur Emma Carter omniprésente sur les écrans.

— Pour quoi? demande-t-il, curieux.

— Oh, rien... Je me demandais juste comment vous vous teniez au courant de l'actualité.

Il hausse les épaules.

— J'ai la radio, et puis Internet quand je vais en ville. Mais je préfère le calme, vous savez.

Je hoche la tête, comprenant soudain l'attrait de cette vie simple et déconnectée.

— Mais si vous voulez qu'on fasse quelque chose, je peux vous proposer une partie d'échecs?

— Des échecs? répété-je, surprise. Je... je ne sais pas trop y jouer.

— Je peux vous apprendre, si vous voulez. Ou on peut faire un autre jeu. J'ai pas mal de jeux de société que mes parents gardaient pour quand la famille venait.

L'idée me séduit plus que je ne l'aurais cru.

— D'accord, va pour les échecs. Mais soyez indulgent!

Josh se lève et va chercher un magnifique échiquier en bois. Pendant qu'il installe les pièces, mes yeux se posent sur ses mains. Elles sont immenses, des mains d'homme habitué au travail manuel. Pas celles manucurées d'un acteur. Je me demande ce que ça ferait...

Stop! Heather. Ne laisse pas tes pensées dériver dans ce sens.

Les heures défilent sans que je m'en rende compte. Josh est un excellent professeur, patient et pédagogue. Entre deux parties, nous discutons de tout et de rien, rions de mes erreurs de débutante et partageons des anecdotes.

Vers minuit, je constate avec étonnement que je n'ai pas pensé une seule fois à mon téléphone, à mes obligations, ni à quoi que ce soit de mon quotidien. Je me sens juste... moi-même. Une sensation que j'avais presque oubliée.

— Je crois qu'il est temps d'aller dormir, dit Josh en étouffant un bâillement.

— Merci, Josh. Pour tout. Cette soirée était... vraiment agréable.

Il me sourit, un vrai sourire qui illumine son visage habituellement si sérieux.

— Tout le plaisir était pour moi, Heather.

Alors que je me dirige vers la chambre d'amis, je me rends compte que pour la première fois depuis longtemps, je n'ai pas hâte que le lendemain arrive. Je voudrais que cette parenthèse enchantée dure encore un peu...

10

Joshua

— Tu ne trouves pas que celui-ci a une tête à s'appeler Serge?

Je lance un regard sceptique à Heather (elle m'a demandé d'arrêter de l'appeler Docteur) puis au lama, je ne comprends pas la blague. Depuis tout à l'heure, elle n'arrête pas de renommer les animaux en utilisant à chaque fois des jeux de mots. Nous avons déjà Lama Sté, Lama Line pour le plus amorphe d'entre eux, Lama Rié pour un Alpaga tout blanc, etc.

— Serge Lama, c'est un chanteur français, précise-t-elle.

— Connais pas, réponds-je en haussant les épaules.

Je me reconcentre sur ma tâche. J'ai été étonné que Heather soit levée si tôt ce matin et encore plus quand elle m'a proposé de venir m'aider dans l'étable. Étrangement

69

son babillage ne me dérange pas, je trouve ça même plutôt sympa d'avoir de la compagnie ce matin.

J'ai passé une soirée surprenante avec elle. C'est une piètre joueuse d'échecs, mais elle a fait preuve d'un enthousiasme qui compense largement. En allant me coucher, je me suis demandé à quand remontait la dernière fois que j'avais passé une soirée ainsi, avec une femme? Je n'ai pas été capable de répondre. Depuis que j'ai repris la ferme, je n'ai pas une minute à moi.

— J'ai terminé, annoncé-je, ça te dit d'aller prendre le petit-déjeuner?

— Oh oui! Je meurs de faim.

Nous quittons l'étable. Dehors, le soleil fait scintiller la neige fraîche. Les arbres plient sous le poids de celle-ci.

— C'est dingue ce soleil, quand on pense qu'il y a 24 heures encore, il neigeait! s'extasie Heather.

— Bienvenue dans le Vermont. La nature est surprenante ici.

— J'imagine que ça doit être très beau au printemps?

— C'est le cas. Et à l'automne avec l'été indien. Je crois que c'est ma saison préférée.

Nous rentrons dans la maison, Heather parle des lamas avec passion. Elle me pose des tas de questions. Son enthousiasme est contagieux, et je me surprends à sourire plus souvent que d'habitude. Dans la cuisine, je commence à préparer le petit-déjeuner.

— Je peux faire quelque chose? demande Heather.

— Tu peux couper les fruits si tu veux, réponds-je, lui tendant un couteau et quelques pommes.

Nous travaillons côte à côte. L'espace restreint de la cuisine nous oblige à nous frôler de temps en temps, et chaque contact envoie un frisson le long de mon dos.

Heather commence à fredonner doucement en coupant les pommes. Je ne reconnais pas la mélodie, mais le son de sa voix est apaisant. Je me surprends à ralentir mes gestes, voulant prolonger ce moment.

Soudain, elle pousse un petit cri. Je me retourne vivement pour la voir sucer son doigt.

— Tout va bien?

— Oui, oui, juste une petite coupure, dit-elle en grimaçant.

Sans réfléchir, je prends sa main dans la mienne pour examiner la coupure. Elle est minuscule, mais je ne peux m'empêcher de caresser doucement son doigt avec mon pouce. Nos regards se croisent, et pendant un instant, le temps semble s'arrêter.

Du moins, jusqu'à ce que je me rende compte de ce que je suis en train de faire...

— Je… euh… je vais chercher un pansement, bafouillé-je, sentant mes joues chauffer.

Quand je reviens avec la trousse de secours, Heather me sourit avec douceur.

— Merci, Josh. Tu vas finir par croire que je suis incapable de rester en vie sans ton aide…

Je secoue la tête et me concentre pour appliquer le pansement, conscient de la douceur de sa peau sous mes doigts calleux. Une mèche de ses cheveux tombe devant ses yeux, et j'ai une envie irrésistible de la remettre en place. Je me retiens, mais mon cœur bat plus vite.

— J'espère que tu es plus douée avec un scalpel qu'un couteau.

Je plaisante pour dissimuler mon trouble. Mais quand je relève la tête vers Heather, c'est son regard qui semble perturbé.

— Josh… il faut que je te dise un truc…

La sonnerie du téléphone retentit. Je lui fais signe de garder en tête ce qu'elle veut me dire et m'en vais décrocher. Comme je m'en doutais, c'est Nick. Il s'est rendu à la voiture d'Heather et il me fait un bref topo.

— Merci mon pote. On passera te voir, tout à l'heure, avec Heather.

— J'espère bien! Pour une fois que je suis en ville!

— D'ailleurs, bravo d'avoir prévenu. Si je n'avais pas eu ta grand-mère au téléphone, jamais je ne l'aurais su.

— Ça s'est fait à la dernière minute. Candice...

— Oui, elle m'a dit. Elle m'a aussi raconté que Sam est là...

— Ouais... m'en parle pas...

Je ris de sa réponse et nous terminons la conversation. Quand je raccroche, j'annonce à Heather:

— Je pense que tu as entendu, Nick a confirmé mon diagnostic. Il va remorquer ta voiture chez sa grand-mère et voir s'il peut commander la pièce.

— Oh! C'est une bonne nouvelle...

La façon dont elle répond laisse penser que ça ne la rend pas plus joyeuse que ça. Elle s'était peut-être imaginé que Nick aurait une solution miracle?

Je fais couler le thé dans deux tasses et j'ajoute:

— Tu vas avoir accès à internet et pouvoir écouter tes messages, si tu en as.

Elle a récupéré son chargeur dans la voiture, hier, ce qui lui a permis d'accéder au numéro de son assistante et ses parents pour les appeler avec le téléphone fixe et les rassurer.

— Oui, j'imagine.

Elle grimace.

— Tu as peur d'avoir de mauvaises nouvelles?

— Non, mais… je crois… je crois que ça me fait du bien de passer un peu de temps déconnectée, dirons-nous.

Je hoche la tête.

— Je peux comprendre. Comme tu as pu le remarquer, je ne suis pas un fan de la technologie.

— Sans blague.

Son sourire revient.

— Allez, à table. Mais ne mange pas trop, car on va profiter d'être en ville pour aller goûter une spécialité locale.

— Laquelle?

— Tu verras. C'est une surprise.

— Je ne suis pas très surprise…

— Ça en sera une bonne, je promets.

Elle m'observe une seconde en souriant, comme pour essayer de deviner si je dis vrai. Puis, elle boit une gorgée de son thé, décidant de me faire confiance, on dirait.

Tandis que nous mangeons, je ne peux m'empêcher de l'observer à la dérobée. La lumière du matin joue dans ses cheveux, et son rire résonne dans la cuisine quand je lui raconte une anecdote sur les lamas.

Pour la première fois depuis longtemps, je sens quelque chose s'éveiller en moi. Une envie de proximité, de connexion. Est-ce qu'elle le ressent aussi?

11

Heather

Josh discute avec Nick dans le garage. Le petit-fils de la fameuse Candice a confirmé avoir commandé la pièce pour ma voiture, mais elle n'arrivera pas avant plusieurs jours. Cela fait quelques minutes que la mécanique n'est plus le centre de leur conversation. Les deux amis échangent désormais des souvenirs communs et semblent faire le point sur leurs vies respectives.

Mon téléphone vibre dans ma poche. J'avais presque oublié cette sensation. Le nom de Yara s'affiche sur l'écran.

— Allô?

— Heather! Enfin, je t'ai!

Elle crie presque ces quelques mots. Comme si j'étais perdue en mer jusqu'alors et que tout espoir de me retrouver vivante était vain.

— Comme je te l'ai dit hier, je ne capte pas là où je suis.

— Comment font les gens pour vivre sans réseau?

Sa question est purement rhétorique, car elle ne me laisse pas y répondre avant d'enchaîner:

— J'ai une bonne nouvelle! J'ai trouvé un moyen pour te ramener à Boston. Un chauffeur peut venir te chercher dès cet après-midi.

— Cet après-midi?

Je ne m'attendais vraiment pas à ce qu'elle trouve une solution si rapidement. Josh m'a dit qu'à cause de la tempête, certaines routes étaient encore bloquées à cause d'arbres tombés.

— Oui, je sais, ça fait encore de longues heures à attendre. Et crois-moi, j'ai eu beau remuer ciel et terre et menacer quelques personnes de représailles, je n'ai pas pu faire mieux.

— Oh... non, mais ça ne me dérange pas. Cet après-midi, c'est parfait.

— Heather, je suis tellement désolée. C'est ma faute, j'aurais dû comprendre que l'annonce de l'arrivée de Tyler...

— Ce n'est pas ta faute, Yara, la coupé-je.

— Je suis en train de penser, je pourrais peut-être contacter la production et leur mettre un peu la pression en leur expliquant que c'est de leur faute si tu te retrouves coincée dans le trou du cul du monde. Ils ont les moyens de t'envoyer une équipe d'extraction ou même…

Je me pince l'arête du nez.

— Yara, je n'ai pas besoin d'une équipe d'extraction, ni que tu contactes la production.

— Mais tu es perdue au milieu du Vermont!

Elle crie ces mots comme si cet état était le pire endroit sur Terre où se trouver.

Je jette un coup d'œil vers Josh qui rit à une blague de Nick. Son visage s'illumine d'une façon que je trouve de plus en plus attirante, je dois l'admettre. Et au-delà de ça, il y a quelque chose de rassurant en lui. Une chaleur, une impression de stabilité qui m'enveloppe quand je suis à ses côtés.

Un mec normal.

Oui, je crois que c'est ça qui me plaît.

Sauf que lui ne sait pas qui tu es vraiment, Heather…

J'étais sur le point de tout lui avouer ce matin au petit-déjeuner, mais le téléphone a sonné et je me suis dégonflée.

Je dois l'admettre: c'est tellement rafraîchissant d'interagir avec quelqu'un qui me voit comme Heather. Pas l'actrice, pas le Docteur Emma Carter. Juste moi.

— C'est… c'est gentil, Yara, mais ce n'est pas nécessaire.

— Comment ça, pas nécessaire de quoi?

— Ma voiture sera bientôt réparée. Je n'ai pas besoin que tu m'envoies quelqu'un. Et... j'en profite pour découvrir un peu la région.

Un silence s'installe à l'autre bout de la ligne. Je peux presque entendre les rouages tourner dans la tête de Yara.

— Découvrir la région? répète-t-elle, incrédule. Toi? Heather, tu détestes la campagne!

— Je n'ai jamais détesté la campagne... c'est juste que je n'ai pas souvent l'occasion de m'y rendre.

— Heather... est-ce que quelqu'un te retient contre ton gré?

Je ris à sa supposition complètement loufoque.

— Pas du tout. J'ai...

Mon regard se pose à nouveau sur Josh. Nos regards se croisent, il hausse un sourcil l'air de demander si tout va bien. Je hoche légèrement la tête. Il me sourit et ce simple geste réchauffe mon corps bien plus qu'il ne le devrait.

— Je vais rester quelques jours supplémentaires dans le coin, Yara.

— Mais tes parents?

— Mes parents s'en remettront. Il n'était de toute façon pas prévu que j'aille les voir, à la base. C'était juste une décision impulsive sous le coup de la colère, ça m'a semblé une bonne idée. J'irai les voir dans quelques jours quand j'aurai récupéré ma voiture.

— Mais...

— C'est ma décision, Yara.

Je n'ai pas envie de lui expliquer pourquoi je ressens le besoin de rester plus longtemps à Holly Springs. Notamment parce que je suis bien incapable de me l'expliquer à moi-même.

Après quelques autres protestations, Yara finit par raccrocher, toujours perplexe, même si j'ai promis de lui donner régulièrement des nouvelles. Je range mon téléphone, un sentiment étrange m'envahit. Moi, Heather Williams, citadine et workaholic notoire, je refuse de rentrer à Boston pour... quoi exactement? Rester dans une ferme isolée du Vermont avec un homme que je connais à peine? Un homme qui, il y a encore 24 heures, essayait de me trouver un autre endroit que chez lui pour loger?

Pourtant, malgré l'absurdité de la situation, je sais au fond de moi que c'est ce que je souhaite vraiment. J'ai besoin d'une pause, ici. Et avec Josh et ses lamas, je me sens... bien.

Josh se tourne vers moi et me fait un signe de la main, un sourire chaleureux aux lèvres. Je lui rends son sourire, sentant mon cœur s'accélérer.

Oui, aussi illogique que cela puisse paraître, je suis exactement là où je veux être.

— J'attends toujours cette fameuse surprise, je commence à avoir faim, rouspété-je gentiment alors que Josh vient de me faire faire le tour du centre-ville pour quelques courses.

— La patience n'est pas une de tes vertus, n'est-ce pas ?

— Je ne sais pas comment tu as deviné, marmonné-je entre mes dents.

Il rit et pointe une devanture de café.

— C'est juste là.

Il ouvre la porte du commerce et une petite clochette retentit. Il me fait signe d'entrer la première et, au moment où je passe près de lui, sa paume se pose au creux de mes reins. Je frissonne, songeant que c'est probablement parce que j'entre dans une pièce où la température ne me donne pas l'impression que je pourrais croiser un pingouin à tout moment. Mais je sais au fond de moi que la vérité est toute autre. J'apprécie cette proximité qui s'installe peu à peu entre nous.

Calme-toi Heather. Il t'a à peine touchée !

Il avait peut-être juste peur que tu glisses sur la marche. Il aurait fait la même chose avec n'importe qui.

— Mon Dieu ! Je n'y crois pas !

La barista vient de crier en nous voyant entrer dans le café. Mon cœur fait un bond.

Merde!

À quel moment ai-je cru que je pouvais me balader en ville, comme si de rien n'était, et que personne ne me reconnaîtrait?

Mais lorsque j'entends Josh rire doucement derrière moi et que je vois la jeune femme contourner le comptoir pour s'approcher de nous, je comprends mon erreur. Surtout quand elle s'exclame:

— Mon grand frère s'est enfin décidé à quitter sa tanière! Je commençais à me demander si je ne devais pas envoyer une équipe de secours.

Josh grommelle quelque chose d'inintelligible et donne une accolade à la jeune femme.

— Tu exagères. Tu sais qu'il y a eu la tempête de neige. Et à t'écouter, on dirait que je suis un ermite!

— Tu n'en es pas loin. Et tu sais bien que je ne peux pas me rendre à la ferme aussi souvent que je le voudrais.

Josh lève les yeux au ciel.

— C'est dans ta tête.

— Pas du tout, tes bestioles démoniaques me haïssent.

Je regarde, amusée, l'échange entre le frère et la sœur. Ils sont assez différents tous les deux, mais ils ont les mêmes yeux bleus expressifs.

— Je suppose que vous êtes April ou Riley? demandé-je.

Leur attention se tourne vers moi, et Josh s'empresse d'expliquer:

— Heather, je te présente ma petite sœur, April.

La jeune femme se tourne vers moi, et je le vois: le moment où elle comprend qui je suis. Elle ouvre la bouche, surprise, alors que son frère poursuit:

— Heather est la jeune femme qui est tombée en panne près de chez moi. Elle loge à la ferme, le temps que sa voiture soit réparée.

April cligne des yeux, et après un long silence pendant lequel ses yeux font des allers-retours entre Josh et moi, elle articule:

— Oui, bien sûr. Heather...

Je ne sais plus où me mettre. Je sens que je sue sous mes vêtements et que, d'une seconde à l'autre, mon secret sera révélé à Josh. Lui, toujours aveugle à ce qui se passe sous ses yeux, annonce:

— Je me suis dit qu'Heather ne pouvait pas repartir de Holly Springs sans avoir goûté la fameuse tarte au sirop d'érable de Candice.

Cela semble sortir April de sa stupeur.

— Je n'en ai plus. Tu te doutes bien qu'en venant si tard...

Josh râle à voix basse.

— Il y en aura peut-être demain? dis-je, mal à l'aise sous le regard scrutateur d'April. Je suis là encore quelque temps.

April plisse les yeux, comme pour essayer de comprendre à quel jeu je joue. Josh, quant à lui, semble déjà avoir oublié la tarte au sirop d'érable. Il fronce les sourcils et désigne du menton un jeune homme installé à une table au fond.

— C'est Emery Specter?

Sa sœur répond sans même avoir à regarder:

— Oui, c'est lui.

— Oh! Je ne savais pas qu'il était en ville.

— Tout le monde semble s'être donné le mot pour venir à Holly Springs cette semaine.

— Je vous laisse deux minutes, je vais aller le saluer.

Je réponds à Josh avec un sourire forcé qu'il ne semble pas remarquer. Il a à peine fait deux pas qu'April murmure:

— Je sais qui vous êtes!

— April, je...

— Je sais qui vous êtes, mais ce que je ne comprends pas, c'est pourquoi Josh ne semble pas savoir qui vous êtes?

— Eh bien... je n'ai pas eu le temps de...

Elle me fait signe de ne pas poursuivre. Je ne comprends pas bien pourquoi. Elle lance un regard nerveux à son frère, engagé dans une conversation animée avec le fameux Emery.

— Écoutez, je suppose que vous avez une bonne raison de ne pas lui avoir dit la vérité. Et comme Josh vit dans un univers parallèle où, bien entendu, *Pulse* n'existe pas, je comprends qu'il n'ait pas fait le lien.

Elle fait une pause et continue d'une voix excitée:

— Je n'en reviens pas que je suis en train de discuter avec vous! J'adore le Docteur Emma Carter. Cette opération dans l'ascenseur dans la saison deux, je me suis bouffée les ongles d'anxiété!

Je me retiens de lui rappeler que je n'ai opéré personne dans la vraie vie. De toute façon, son attention s'est déjà reportée sur son frère. Elle semble nerveuse qu'il parle avec le fameux Emery. Quand elle se reconcentre sur moi, elle prend un ton menaçant.

— J'ai d'autres problèmes à gérer en ce moment. Mais je vous conseille de lui dire la vérité. Regardez, dans la saison 3, Martha ment à Kevin et ça ne se passe pas bien du tout!

Nous sommes dans la vraie vie, pas dans un épisode de Pulse, j'ai envie de répliquer. April a raison, c'est peut-être même pire car nous sommes dans la vraie vie, les con-séquences sont bien réelles. Mais j'essaie tout de même de me justifier:

— Je vais bientôt repartir, et...

Elle secoue la tête.

— Non, vous ne comprenez pas, Heather. Josh vous a emmenée ici pour manger une tarte au sirop d'érable.

— Oui, une tarte qui est en rupture de stock.

Elle me dévisage presque avec agacement, comme si je ne voyais pas l'évidence.

— Heather, si Josh vous a proposé de venir manger une tarte au sirop d'érable, c'est qu'il vous apprécie beaucoup. Vraiment beaucoup.

12

Josh

— Je vais m'occuper des lamas, annoncé-je à Heather alors qu'elle lit sur le canapé.

— Attends, je viens avec toi.

Hier, la sortie en ville avec Heather a été agréable, même si, à la base, nous y allions principalement pour sa voiture. Nous en avons profité pour faire quelques courses, et je me suis surpris à prendre du plaisir à lui faire découvrir Holly Springs. La place principale était en pleine effervescence avec toutes les installations pour la grande fête des illuminations qui aura lieu dans quelques jours. Pour retrouver un peu de calme, nous nous sommes rendus au Maple Vibe, le café où April travaille en ce moment. La seule ombre au tableau de cette journée fut qu'il n'y avait plus de la fameuse tarte au sirop d'érable de Candice.

Nous entrons dans l'enclos et je commence à lui expliquer la routine.

— D'abord, on vérifie leur santé générale, puis on les nourrit, et enfin on nettoie l'enclos.

Heather acquiesce, l'air déterminé. Je lui tends une brosse.

— On va commencer par les brosser. Ça les calme et nous permet de vérifier leur état.

Elle s'approche avec assurance de l'un d'entre eux. C'est impressionnant de voir comme elle est à l'aise avec eux. La plupart des gens ne connaissent pas grand-chose des lamas, alors ils ont tendance à rester sur leurs gardes.

— Est-ce que c'est vrai que les lamas crachent?

— Oui, c'est vrai, mais contrairement aux croyances populaires, c'est assez rare qu'ils le fassent sur des humains. C'est un moyen de défense quand ils sont stressés ou qu'ils se sentent menacés.

Heather continue de brosser le lama et lui murmure:

— Tu n'es pas stressé, mon grand? Tu sais que je ne te veux aucun mal, n'est-ce pas, Lama Jesté?

Sa question me fait rire. Le lama a l'air de vivre le meilleur moment de sa journée sous les caresses d'Heather. Je peux le comprendre... je le serais aussi à sa place. Non pas que j'aie envie qu'elle me brosse les poils, mais être le sujet de toute son attention? Si je suis honnête, cela ne me dérangerait pas.

Elle est juste de passage, Josh...

Nous passons l'heure suivante à brosser les lamas, vérifier leurs yeux, leurs oreilles, et leurs dents. L'un d'entre eux a une petite infection, si bien qu'après lui avoir fait un soin adapté, je note d'appeler Riley pour qu'elle passe le voir. Avoir une véto dans la famille, c'est tout de même drôlement pratique!

Heather pose de nombreuses questions, son intérêt sincère pour les animaux me touche plus que je ne veux l'admettre.

Puis vient le moment de les nourrir. Je lui montre comment préparer leur repas, mélangeant soigneusement le foin et les granulés.

— Attention, la préviens-je, ils peuvent être un peu indisciplinés au moment du repas.

Heather me lance un regard sceptique, mais dès que nous entrons dans l'enclos avec les seaux de nourriture, c'est la cohue. Les lamas se précipitent vers nous, bousculant Heather qui se rattrape de justesse.

— Ça va?

— Oui, merci. Tu avais raison pour la bousculade.

Son rire cristallin résonne dans l'étable. Elle s'adresse aux animaux comme à des enfants turbulents, les appelant par les surnoms dont elle les a affublés.

Alors que nous nous apprêtons à nettoyer l'enclos, je remarque qu'Heather regarde fixement quelque chose derrière moi, les yeux écarquillés.

— Josh, dit-elle lentement, est-ce que c'est normal que ce lama ait un seau sur la tête?

Je me retourne brusquement pour voir un lama qui a réussi à coincer sa tête dans le seau de nourriture vide. Il tourne en rond, désorienté, se cognant contre les autres lamas qui s'écartent sur son passage.

— Oh non, pas encore, grogné-je, mi-amusé, mi-exaspéré. Il a un don pour se mettre dans des situations impossibles.

Nous nous approchons du lama qui, nous entendant arriver, décide soudain que c'est le moment idéal pour une course folle. Il part au galop, le seau toujours fermement coincé sur sa tête, zigzaguant à travers l'enclos.

— Il faut l'attraper avant qu'il ne se blesse! expliqué-je à Heather en commençant à courir après l'animal.

Heather rit aux éclats. J'imagine à peine le spectacle que nous devons lui offrir.

Si tu voulais l'impressionner, Josh, ce n'est peut-être pas le meilleur moyen.

— Je crois qu'on devrait le surnommer Lama Rathon! me crie Heather.

Après plusieurs minutes de cette course-poursuite digne d'un dessin animé, le lama, pour une raison inconnue, s'arrête net. Je saisis ma chance et plonge pour attraper le seau.

Malheureusement, j'ai mal calculé mon élan. Je glisse sur de la paille et percute le lama de plein fouet, et nous tombons tous les deux. Dans la chute, le seau se décolle enfin de la tête du lama... pour atterrir directement sur la mienne.

J'entends le rire d'Heather s'arrêter et faire place à de l'inquiétude.

— Oh mon Dieu, Josh! Tu es... tu es...

Je suis assis dans l'enclos, le seau encore sur la tête, et pourtant je devine qu'elle accourt vers moi. Quelque chose mâchouille mon t-shirt. Lama Rathon, je suppose?

— Un peu d'aide serait appréciée, marmonné-je, ma voix étouffée par le seau.

Je sens les mains d'Heather sur le seau. Lorsqu'elle m'en débarrasse enfin, nos visages sont très proches. Ses yeux brillent d'hilarité, ses joues sont rouges d'avoir trop ri.

Elle est magnifique, est la première chose à laquelle je pense.

— Tu es un désastre, dit-elle en essayant de réprimer un nouveau fou rire.

— La faute à qui? bougonné-je, en repoussant le lama pour qu'il se trouve un autre sujet d'attention.

À ma grande surprise, elle tend la main et essuie délicatement ma joue. Ce geste, si simple et pourtant si intime, me coupe le souffle.

Il y a une seconde suspendue où nous nous observons l'un l'autre. Tout disparaît autour de nous: les lamas, la situation ridicule.

— Josh...

C'est alors que j'entends le bruit distinctif d'une voiture se garant devant l'étable. Heather l'entend aussi puisqu'elle se redresse et demande:

— Tu attends quelqu'un?

— Ça doit être Kate. Elle m'a dit qu'elle passerait.

— Oh... eh bien, je vais vous laisser.

Elle a l'air à la fois gênée et déçue.

— Tu peux rester, Kate sera ravie de faire ta connaissance.

— Je ne veux pas...

Elle se mord la lèvre, hésitant à poursuivre.

— Tu ne veux pas?

— Je ne sais pas, m'imposer.

— Kate ne va pas rester longtemps, elle vient juste chercher de la laine.

— Ah?

Je fronce les sourcils, comprenant qu'Heather ne me dit pas tout.

— Tu pensais que Kate était qui?

— J'en sais rien... une amie. La rock-star des aiguilles...

Ses joues deviennent rouges d'embarras et je comprends la question qu'elle se pose.

— C'est *juste* une amie, précisé-je.

Et à la façon dont le sourire d'Heather s'étire, je suis ravi de cette confusion. Car elle ne se réjouirait pas de cette information si je la laissais totalement indifférente, non?

13

Heather

La nuit est tombée depuis longtemps sur Holly Springs, et un froid mordant s'est installé à l'extérieur. Je suis blottie sur le canapé confortable, face à la cheminée crépitante.

Josh m'a proposé de m'emmitoufler dans un plaid aux couleurs passées, mais à la douceur inégalée. Les flammes dansent sous mes yeux, et quelques notes de jazz ajoutent à cette ambiance chaleureuse une touche sophistiquée.

Je suis bien.

Je suis détendue.

J'aime ça.

Josh s'affaire dans la cuisine, et je ne peux m'empêcher de quitter le spectacle de l'âtre par moments pour suivre ses mouvements. En peu de temps, il est passé d'un ours grognon à un hôte qui fait tout pour mon confort. Mais si je me mets à sa place, je ne sais pas comment j'aurais réagi si une inconnue s'était évanouie sur mon porche et si j'avais dû la loger, faute d'autre solution.

— Et voilà! annonce-t-il en revenant dans le salon, deux tasses fumantes à la main.

Je prends le mug de chocolat chaud qu'il me tend. La chaleur se diffuse dans mes mains tandis que l'arôme riche et réconfortant du chocolat mêlé à une subtile note d'épices m'enveloppe.

— Mmm, ça semble divin, murmuré-je.

— C'est la recette spéciale de la maison.

Je hume une nouvelle fois la tasse.

— Il y a un ingrédient secret?

Josh s'installe dans le canapé, tout près de moi, un sourire mystérieux aux lèvres.

— Si je te le disais, ce ne serait plus un secret, n'est-ce pas?

Je ris doucement, appréciant ce petit jeu entre nous. Le silence qui suit n'a rien de gênant, au contraire. Il est confortable, apaisant même.

La lumière des flammes fait briller ses yeux bleus. Les petites rides aux coins de ceux-ci lui donnent un charme certain, et je prends conscience que sa maturité n'est pas qu'une simple apparence. Non, Joshua est un homme, un vrai. Pas un de ces acteurs qui jouent un rôle. C'est quelqu'un de simple, qui aime ses animaux, son travail, sa famille. Rien qu'à la façon dont il parle de ses sœurs, on le comprend. Et la scène à laquelle j'ai assisté au café me l'a confirmé. S'il est allé parler à ce Emery, ce n'était pas pour discuter football. C'était pour lui faire subtilement passer un message: fais du mal à ma petite sœur et je briserai chacun de tes os avant de les donner en pâture aux lamas.

Enfin, les lamas étant herbivores, peut-être aux ours, finalement.

— Tu sais, commencé-je, surprise par ma propre audace, avec des talents pareils en cuisine, je me demande comment tu peux encore être célibataire.

Dès que les mots quittent ma bouche, je regrette presque de les avoir prononcés. Est-ce trop direct? Trop personnel? Est-ce trop évident que je m'intéresse réellement à ce sujet?

Soyons honnêtes, une part de moi a vraiment envie de savoir.

Josh ne semble pas offensé. Au contraire, son sourire s'élargit légèrement, bien qu'une ombre passe furtivement dans ses yeux.

— Tu sais, entre le ranch, les animaux, et tout le reste... Disons que ça ne laisse pas beaucoup de place pour une vie sentimentale.

Il y a une note de mélancolie dans sa voix qui me serre le cœur. Je me rends compte que, malgré tout le temps passé ensemble ces derniers jours, il y a encore beaucoup que j'ignore de lui.

— Ça doit être difficile parfois, dis-je doucement, de tout gérer seul.

Josh hoche la tête, son regard se perdant dans les flammes.

— Ça l'est. Mais j'aime ce que je fais, alors ça en vaut la peine.

Il y a un moment de silence, puis Josh tourne son regard vers moi. Ses yeux brillent d'une curiosité sincère.

— Et toi alors? Comment se fait-il qu'une femme aussi extraordinaire que toi soit célibataire?

Je sens mes joues s'empourprer sous le compliment. Mon cœur bat un peu plus vite, et ce n'est pas seulement à cause de la chaleur du feu.

— Comment sais-tu que je le suis?

— Tu étais inquiète que ton assistante ou tes parents ne puissent pas te joindre. À aucun moment, tu n'as parlé d'un conjoint.

— Bien vu, Nancy Drew.

Je laisse passer quelques secondes avant d'avouer...

— Disons que j'ai eu ma part de relations compliquées.

Je m'arrête, ne sachant pas si je dois ou si j'ai envie d'en dire plus. Mais quelque chose dans l'atmosphère de cette soirée, dans la façon dont Josh me regarde, m'encourage à continuer.

— Ma dernière relation en particulier... Elle m'a laissé un goût amer, avoué-je en baissant les yeux sur ma tasse.

— Que s'est-il passé? demande Josh doucement.

Il n'y a aucune pression dans sa voix, juste une invitation à me confier si je le souhaite. Je prends une profonde inspiration.

— J'ai compris que cette personne... elle ne m'aimait pas vraiment pour qui j'étais. Elle m'utilisait pour faire avancer sa carrière. Quand je m'en suis rendu compte, j'ai eu l'impression que tout s'écroulait autour de moi.

Ma voix tremble légèrement en prononçant ces mots. C'est la première fois que j'en parle aussi ouvertement à quelqu'un. Même avec Yara, qui était pourtant là du début à la fin, nous n'abordons jamais le sujet. C'est elle qui s'est occupée de moi quand j'étais tellement déprimée que je n'arrivais plus à me lever le matin. C'est elle qui a négocié avec la production de *Pulse* quand j'ai dû m'absenter quelque temps du tournage, parce que j'étais au fond du trou. C'est elle qui veillait à ce que je mange correctement, que je sorte, même que je me douche. Mais jamais je ne lui ai parlé de la trahison de Tyler.

Josh se penche en avant, posant sa main sur la mienne dans un geste de réconfort. Ce simple contact envoie des frissons le long de mon bras.

— Je suis désolé que tu aies dû vivre ça, Heather, dit-il, sa voix empreinte de sincérité. Tu mérites tellement mieux.

Je lève les yeux vers lui, touchée par la compassion que je lis dans son regard.

— Merci, Josh.

Nos regards s'accrochent, et pendant un instant, le temps semble suspendu. Je me rends compte que ma main est toujours dans la sienne, et je n'ai aucune envie de la retirer.

Le feu crépite doucement, les ombres dansent sur les murs, et là, dans ce moment de vulnérabilité, je sens quelque chose changer entre nous. Une nouvelle intimité, une compréhension qui n'existait pas auparavant. Pourtant, je n'ai pas dit grand-chose. Et lui s'est peu confié aussi.

Mais pour la première fois depuis longtemps, je me surprends à penser que peut-être, juste peut-être, je suis prête à ouvrir à nouveau mon cœur.

Je ne sais pas bien comment, mais nous semblons tout à coup plus proches. Émotionnellement et physiquement. Josh se penche vers moi, nos visages ne sont séparés que de quelques centimètres. Ses lèvres m'attirent, deviennent mon obsession: je veux les goûter.

Quelque chose me dit qu'il ne franchira pas cette dernière barrière, car il veut que cela vienne de moi. Et je crois que je l'apprécie encore davantage pour cela.

Mais mon cerveau choisit juste ce moment-là pour m'envoyer un signal d'alarme.

Tu lui mens.

Oui, il y a un énorme mensonge entre nous. Mais que faire? Lui révéler la vérité? Pour qu'il devienne comme tous les autres? Ou ne rien dire et gérer les conséquences plus tard... Après tout, une fois ma voiture réparée, je devrais repartir. Est-ce si grave de continuer à lui mentir?

14

Joshua

Je veux l'embrasser

C'est la pensée qui m'obsède, alors que le visage d'Heather est seulement à quelques centimètres du mien, son souffle caressant ma peau. Mon pouce fait de même sur son poignet, elle ne retire pas sa main.

Il me suffirait de me pencher davantage, ma bouche rencontrerait la sienne et je suis certain que je ne serais pas déçu. Mais je ne veux pas être ce gars, celui qui profite de son moment de vulnérabilité pour assouvir mes envies. Je veux que nous partagions un baiser parce qu'elle en a réellement envie. Alors même si tout mon être me crie de franchir cette dernière limite, je me retiens.

Et c'est là que je la vois. Cette lueur de panique au fond de son regard.

Merde.

— Heather?

Ma voix éraillée trahit mon désir. Mais c'est bien une question que je lui pose. Je veux savoir ce qui la tracasse, à quoi elle pense, alors que moi je ne songe plus qu'à l'embrasser.

Elle secoue la tête et recule légèrement. Je sens que l'instant s'étiole, disparaît. Est-ce que je l'ai mise mal à l'aise? Est-ce que je me suis fait des films dans ma tête en pensant qu'elle avait envie de la même chose que moi?

Son regard me fuit, même si physiquement, nous sommes toujours proches. Elle accepte toujours le contact de nos mains, ce qui me rassure en un sens.

— Eh, dis-moi ce qui ne va pas?

Elle se mord cette lèvre inférieure qui me tentait tant, il y a encore quelques secondes. Et après un long soupir, elle admet:

— Je te mens depuis le début, Josh.

Ces quelques mots sont comme un coup de poignard. Ses yeux sont emplis de culpabilité et malgré moi, j'ai un mouvement de recul. Je vois bien que ça la blesse, mais c'est elle qui a porté le premier coup.

L'honnêteté est une valeur qui est importante à mes yeux. Et même si je n'ai aucune idée de quoi elle parle, je comprends que c'est assez sérieux pour qu'elle se sente mal à l'aise.

— Tu me mens.

C'est une constatation amère. Pas une question. Même si j'aimerais savoir de quoi il en retourne. Les théories les plus folles se bousculent dans mon cerveau: elle a fait exprès de tomber en panne? Elle est en fuite? Elle se cache de quelqu'un? Elle ne s'appelle pas vraiment Heather? Elle a commis un délit?

Une petite part de moi me dit qu'elle a sûrement une bonne explication et que ça n'a probablement aucun lien avec moi. Parce que honnêtement, si c'est un agent du FBI sous couverture, il y a peu de chance qu'elle s'intéresse à un éleveur de lamas du Vermont.

Par contre, si c'est qu'elle est recherchée par la police, se planquer chez moi serait une très bonne idée.

— Je suis désolée, Josh. Je ne voulais pas...

— Quand on choisit de mentir, on le fait rarement par accident.

Elle ferme les yeux une seconde avant de m'adresser un regard suppliant.

— Je t'ai menti sur qui je suis.

Je prends une inspiration pour ne pas dire quelque chose de trop brutal. Je dois écouter son explication. Après tout, mes parents m'ont appris: faute avouée, à moitié pardonnée. Pour l'autre moitié... on verra. Comme je n'ai aucune idée de l'ampleur du mensonge, il est difficile de statuer.

— Je t'écoute.

— Mon nom n'est pas Heather Carter, mais Heather Williams... je suppose que ça ne te dit rien?

— Non.

Je réponds honnêtement. Ça ne me parle pas. C'est dans des moments comme ça que je regrette de ne pas prêter plus attention à l'actualité. Qui est Heather Williams? Une criminelle en fuite? Une lanceuse d'alerte sur le point de donner des infos sur la zone 51? Une employée d'une firme voulant lancer de l'élevage de laine alpaga à grande échelle et qui enverrait une espionne?

Heather prend une profonde inspiration, comme si elle rassemblait tout son courage.

— Je suis actrice, Josh. Une actrice assez connue, en fait. J'ai joué dans plusieurs films et séries populaires.

Je la regarde, abasourdi. Une actrice? Ce n'était pas du tout ce à quoi je m'attendais.

— Pourquoi ne pas me l'avoir dit dès le début? demandé-je, confus.

Elle baisse les yeux, jouant nerveusement avec le bord de la couverture.

— Parce que pour une fois, je voulais être juste... moi. Pas Heather Williams l'actrice, mais juste Heather. Quand les gens apprennent qui je suis, tout change. Leur attitude, leur façon de me parler, de se comporter avec moi.

— Tu penses que j'aurais été comme eux? demandé-je blessé.

Je peux comprendre que si elle est célèbre, ça puisse être compliqué parfois. *Mais bordel, elle pense vraiment que je suis comme ça?*

— Je sais, murmure-t-elle. Je suis vraiment désolée, Josh. Je ne voulais pas que ça aille aussi loin. Le premier soir, ça n'avait pas d'importance, j'avais seulement besoin d'un endroit pour me réfugier. Moi-même, je ne savais pas qui tu étais, ça aurait pu être dangereux de te le révéler. Et plus j'ai passé de temps avec toi, plus j'ai commencé à t'apprécier et c'est devenu plus dur de te dire la vérité.

— Plus dur? Heather, je ne regarde même pas la télé. Tu penses vraiment que savoir que tu es une actrice aurait changé mon regard sur toi?

Elle secoue la tête.

— Je ne le savais pas à l'époque. Mais maintenant je me rends compte que j'ai eu tort.

Nos regards se croisent à nouveau, et je vois la sincérité dans ses yeux. Mais ça n'empêche pas le sentiment de trahison que je ressens. Si elle a menti sur ça, va savoir ce qu'elle a pu me cacher?

— Donc tu n'as jamais été médecin, ricané-je. Et dire que plus d'une fois j'ai fait des allusions à ton métier et que tu es rentrée dans le jeu.

Je me lève du canapé, sa proximité me semble insoutenable tout à coup. J'ai besoin d'espace pour réfléchir. Je me campe devant la fenêtre. Il s'est remis à neiger. Derrière moi, Heather explique:

— Je suis connue pour le rôle d'une chirurgienne cardiaque dans la série *Pulse*, Emma Carter. C'est le mensonge qui m'a paru le plus facile à endosser puisque c'est le rôle que je joue dans mon travail.

— Je suppose que ça explique pourquoi tu semblais si mal à l'aise quand on est allés en ville, dis-je, commençant à assembler les pièces du puzzle.

— Oui. J'avais peur que mon mensonge tombe à l'eau avant que je n'aie eu le temps de te dire la vérité. Pour être honnête, April m'a reconnue.

Je me retourne et la fusille du regard. Je ne sais pas ce qui est pire, qu'elle m'ait menti ou que ma sœur ait joué le jeu.

— Plus d'une fois, j'ai hésité à te le dire.

— Mais tu ne l'as pas fait.

Un silence s'installe entre nous. Je ne sais pas trop quoi dire ou faire. D'un côté, je comprends son besoin d'anonymat, mais de l'autre, je ne peux m'empêcher de me sentir trahi.

— Écoute, Heather. J'apprécie que tu m'aies dit la vérité. Mais j'ai besoin d'un peu de temps pour... digérer tout ça.

Elle hoche la tête, l'air résigné.

— Je comprends.

Je fais un pas en direction de l'escalier, puis me retourne vers elle.

— Il se fait tard. Je vais aller dormir.

Alors que je m'apprête à monter, j'entends Heather se lever brusquement du canapé.

— Josh, attends.

Je me retourne et en une seconde elle est face à moi. Avant que je ne puisse réagir, elle pose ses mains sur mes joues et m'attire à elle. Surpris, je me laisse rapidement emporter par la sensation de nos lèvres qui se rejoignent. Mes bras l'entourent instinctivement, la rapprochant de moi. Notre baiser devient passionné. Elle m'embrasse comme une première fois qui a trop tardé à arriver.

Comme si c'était aussi la dernière fois.

Comme si c'était la seule fois.

Quand nous nous séparons enfin, nous sommes tous deux à bout de souffle.

— Je suis peut-être une actrice, murmure-t-elle, ses yeux plongés dans les miens, mais ce que je ressens pour toi est réel. Ça, ce n'est pas du jeu.

Je la regarde, encore étourdi par ce baiser inattendu. Malgré ma confusion et ma déception concernant son mensonge, je ne peux nier l'attraction que je ressens pour elle. Mais je sais que je n'ai pas les idées claires. Il y a trop de choses que cette révélation implique et je ne suis pas certain d'être prêt pour ça.

— Bonne nuit, Heather, dis-je doucement, ne sachant pas quoi ajouter d'autre.

Alors que je monte les escaliers, mon esprit est en ébullition. Cette révélation change beaucoup de choses, mais ce baiser... ce baiser a tout compliqué davantage. Une chose est sûre: cette nuit, le sommeil sera difficile à trouver.

15

Heather

Assise dans la cuisine, j'attends nerveusement le retour de Josh. Je sais qu'il est en train de s'occuper des lamas. Je n'ai pas osé le rejoindre, nous ne nous sommes pas quittés dans les meilleurs termes, hier soir. C'est le moins qu'on puisse dire.

Enfin, je le vois approcher de la maison. Mon cœur s'emballe. Il entre, secouant la neige de ses bottes avant de les enlever. Nos regards se croisent et le malaise est palpable. Je me force à sourire, mais je sais que ça ressemble plus à une grimace.

— Bonjour, dis-je doucement alors qu'il pénètre dans la pièce.

Josh hoche la tête en guise de réponse. Il se dirige vers la bouilloire, se sert une tasse avant de s'asseoir en face de moi. Le silence s'étire, lourd et inconfortable. Mais je suis rassurée qu'il ne me fuie pas complètement.

— Josh, je suis vraiment désolée, dis-je enfin, incapable de supporter ce silence plus longtemps. Je sais que je t'ai blessé et je m'en veux terriblement.

Il lève les yeux vers moi, son expression indéchiffrable.

— Je sais, Heather. Tu l'as déjà dit.

Je baisse les yeux, me mordant la lèvre. Il soupire lourdement et sa voix s'élève à nouveau:

— Pourquoi as-tu quitté Montréal comme ça? Sous une tempête de neige, sans prévenir personne? Et pourquoi j'ai l'impression que tu n'es pas pressée de quitter Holly Springs?

Je relève la tête, surprise par sa question. Ou plutôt ses multiples questions. On dirait que je ne suis pas la seule à avoir eu le cerveau qui a tourné à plein régime cette nuit. Je prends une profonde inspiration, sachant que je lui dois la vérité.

— Je t'ai parlé de mon ex... Tyler. Le jour où je suis partie, j'ai appris que la production de *Pulse* l'avait embauché pour incarner un nouveau personnage qui fera son apparition au début de l'année. Tyler et moi, quand on était ensemble. Je pensais que c'était sérieux, que c'était... réel.

Ma voix se brise légèrement sur le dernier mot.

— J'ai découvert plus tard que la seule raison pour laquelle il était avec moi, c'était pour propulser sa carrière.

Je sens les larmes me monter aux yeux, mais je les retiens. Ce ne sont plus des larmes parce que ce connard m'a brisé le cœur, mais plutôt des larmes de rage, d'avoir été si naïve, si aveugle.

— Quand j'ai appris qu'il allait rejoindre le casting, j'ai paniqué. Toutes ces vieilles blessures sont remontées à la surface et je... je ne pouvais pas affronter ça. Alors j'ai fui. Je sais que ça me fait paraître comme quelqu'un de pas très rationnel, mais...

Josh pose sa main sur la mienne, sur la table. Ce simple contact m'apaise et me fait oublier la suite de ma phrase. C'est fou comme un simple geste peut avoir cet effet.

— Je suis désolé, Heather.

— Merci, murmuré-je. Je sais que ça n'excuse pas mon mensonge, mais je voulais que tu comprennes pourquoi j'ai préféré mentir. Je suis habituée à ce que tout le monde autour de moi profite de ma notoriété. Alors pour une fois, ici j'étais simplement Heather et c'est ça qui m'a poussée à poursuivre le mensonge.

Il hoche la tête, semblant réfléchir à mes paroles.

— Je peux comprendre.

— Tu comprends, mais tu digères mal que je t'aie menti.

Le fait qu'il ne réponde pas vaut pour confirmation. Et ça fait mal. Très mal.

J'apprécie Josh. Beaucoup. Et je me rends compte à cet instant que ce mensonge a brisé le fragile lien que nous avions commencé à construire pendant ces quelques jours. Je ne peux pas lui en vouloir. Il découvre tout à coup que je ne suis pas du tout celle que je prétends être. C'est forcément dur à encaisser.

Je me lève, rompant le contact physique entre nous.

— Est-ce que je peux utiliser ton téléphone pour joindre Yara ? Je voudrais lui demander de m'envoyer une voiture, finalement.

Il repousse sa chaise et se lève d'un bond.

— Tu n'as pas à faire ça, Heather.

Je mentirais si je disais que cette réaction spontanée ne me fait rien. Mais j'ai beaucoup réfléchi cette nuit, aux différentes possibilités, à cette histoire. J'en suis venue à la conclusion que j'ai voulu croire à un beau conte de Noël. Un de ceux dont on fait des téléfilms, mais qui ne survivent jamais aux fêtes. À un moment donné, le cours de la vie reprend, la parenthèse enchantée se referme et il faut retourner à la réalité.

Ma réalité n'inclut pas un éleveur de lamas, aussi sexy soit-il, une ferme isolée du Vermont où il cultive sa propre tisane et un village où la tarte au sirop d'érable est aussi célèbre qu'impossible à acheter.

— Je pense que c'est mieux, on le sait tous les deux.

C'est le moment où je rêverais qu'il me supplie de rester, qu'il m'explique qu'il peut passer outre mon mensonge, qu'il a une solution dans laquelle nos deux mondes pourraient coexister. Il se contente de me dévisager, ses yeux bleus tourmentés, son corps tendu. Je voudrais le prendre dans mes bras, me fondre en lui et qu'il m'enveloppe tout entière. Mais nous restons ainsi, comme faisant le deuil de ce qui aurait pu exister.

Ce n'est que lorsque je fais un pas vers le téléphone qu'il demande d'une voix éraillée:

— Est-ce que tu peux au moins rester jusqu'à ce soir?

— Tu crois que...

— Il y a la fête des illuminations de Noël de Holly Springs, je pensais t'y emmener.

J'ouvre la bouche pour arguer que ce n'est peut-être pas une super idée, mais il ajoute:

— Ce n'est probablement pas très impressionnant pour quelqu'un qui est habitué aux cérémonies à Los Angeles ou je ne sais pas où...

Je ferme les yeux. Voilà une des raisons pour lesquelles je dois partir. Nos mondes sont tellement différents. Cette parenthèse de quelques jours, ce n'est pas la vraie vie. Ce n'est pas ma vie.

Mais quand je rouvre les yeux et que je croise les siens, suppliants, mes résolutions fondent comme neige au soleil.

— S'il te plaît, Heather.

Je ne sais pas bien pourquoi il insiste. Il a toutes les raisons du monde de ne pas le faire. Alors, je décide de ne pas attendre qu'il change d'avis et je m'entends dire:

— J'adorerais venir.

16

Josh

Comme chaque année, la place principale de Holly Springs est pleine à craquer. Personne ici ne rate la fête des illuminations. Je croise successivement mes sœurs, Candice, Sam et Nick, ainsi que Kate, qui semble avoir une conversation importante avec un mec que je n'ai jamais vu.

Mais celle que je ne peux m'empêcher de regarder du coin de l'œil, alors que nous nous frayons un chemin à travers la foule, c'est Heather. Elle semble émerveillée par les décorations de Noël, ses yeux pétillant presque autant que les guirlandes lumineuses. Son enthousiasme est contagieux et me fait afficher un sourire un peu niais, si j'en crois le froncement de sourcils de Riley quand nous l'avons croisée. Ça, et le fait qu'elle m'a demandé à combien de tasses de lait de poule j'en étais.

— Oh, Josh, regarde! s'exclame Heather en pointant du doigt un stand de sculptures sur glace. C'est magnifique!

Je hoche la tête, appréciant son émerveillement. C'est rafraîchissant de voir quelqu'un d'aussi célèbre qu'elle s'extasier devant quelque chose d'aussi simple que notre fête locale.

Nous nous arrêtons devant plusieurs stands d'animation. Heather insiste pour essayer le lancer d'anneaux, riant aux éclats quand elle rate lamentablement sa cible. Je ne peux m'empêcher de rire avec elle, appréciant ce moment de légèreté après la tension de ce matin.

— À ton tour, me dit-elle en me tendant un anneau.

Je le prends, nos doigts se frôlant au passage. Ce simple contact suffit à accélérer mon pouls. Je me concentre et lance l'anneau, qui atterrit parfaitement autour d'une bouteille.

— Wow, impressionnant!

Je hausse les épaules, faussement modeste, mais intérieurement ravi de l'avoir impressionnée.

— Tu t'entraînes autour du cou des lamas? Parce que si c'est le cas, c'est triché.

Je secoue la tête, amusé.

— Où est-ce que tu vas chercher des idées pareilles?

Elle n'a pas le temps de me répondre, car nous sommes interrompus par un léger grésillement et un micro qui fait du larsen.

— Oh, merde, c'est déjà le moment, marmonné-je.

— Qui est-ce? demande Heather à mon oreille, son parfum sucré envahissant mes narines.

— Le maire. Je suis désolé, ses discours sont... insipides et interminables.

— Est-ce qu'il fait ça chaque année?

— Malheureusement, oui, je réponds sur le même ton. Et chaque année, il est plus long que le précédent.

Elle étouffe un rire, et je sens mon cœur faire un bond dans ma poitrine. Je pourrais m'habituer à ce son.

Je ne dois pas m'habituer. Dans quelques heures, tout sera terminé.

Alors que le discours s'éternise, je remarque quelques regards se tourner vers nous. Ou plutôt, vers Heather. Je vois la reconnaissance s'allumer dans les yeux de mes voisins, et je me raidis instinctivement.

Heather semble aveugle à tout ça. À un moment, elle glisse son bras sous le mien, comme pour me rappeler que malgré le fait qu'elle parte bientôt, elle est là pour profiter de ce moment avec moi. Rien qu'avec moi.

— Tu ne mentais pas quand tu disais que c'était long, murmure-t-elle.

— Non, et on a de la chance, aujourd'hui le temps est clément.

Le discours est, comme prévu, interminable, ce qui signifie que la plupart des gens n'écoutent même plus. Quelques personnes se rapprochent de nous, et quand l'une d'elles demande:

— Excusez-moi, vous ne seriez pas Heather Williams?

Je comprends que la parenthèse enchantée est terminée. Instinctivement, je pose une main sur la taille d'Heather, je me penche vers son oreille et lui dis:

— On peut partir, si tu préfères.

Elle se tourne vers moi, me sourit tendrement et répond:

— C'est bon, ne t'inquiète pas.

Je me rends rapidement compte que mes craintes étaient infondées. Les gens qui s'approchent d'elle sont polis et respectueux. Quelques-uns demandent s'ils peuvent prendre une photo avec elle, la complimentent sur son travail, mais ne la harcèlent pas.

— Nous sommes si honorés que vous soyez venue à notre petite fête, dit une dame âgée en serrant la main d'Heather. J'espère que vous appréciez votre séjour ici.

— C'est vraiment merveilleux, répond Heather avec un sourire sincère. Tout le monde est si accueillant à Holly Springs.

Je l'observe interagir avec mes amis, mes voisins, impressionné par sa gentillesse. Elle semble véritablement apprécier ces échanges, prenant le temps de parler avec chacun. C'est à ce moment que la réalité me frappe de plein fouet. Heather n'est pas juste une jolie fille que j'ai rencontrée par hasard. Elle est une star, admirée par des millions de personnes. Et moi? Je ne suis qu'un simple éleveur de lamas.

Elle est une étoile qui brille bien plus que toutes celles, factices, qui décorent cette place. Une étoile qui a sa place sur les plateaux de tournage, dans les soirées d'Hollywood, et certainement pas dans une vieille ferme centenaire du Vermont.

Le contraste entre nos vies ne pourrait pas être plus frappant. Elle vit sous les projecteurs, fréquente les tapis rouges et côtoie les célébrités. Moi, je passe mes journées à m'occuper d'animaux et à apprécier les choses simples de la vie.

En la regardant rire avec un groupe d'ados fascinés, je ne peux m'empêcher de ressentir cette attraction, ce désir de la garder près de moi. Mais c'est un rêve impossible. Une parenthèse enchantée qui se terminera très prochainement.

Le maire termine enfin son discours et la foule applaudit, me tirant de mes pensées. Heather se tourne vers moi, son visage illuminé par un grand sourire.

Elle s'approche et demande:

— Ça va?

— Oui, et toi? Tu me dis si quelqu'un t'importune.

Elle fait encore ce truc de s'accrocher à mon bras.

— Tu sais que si tu en as marre des lamas, tu ferais un excellent garde du corps, s'amuse-t-elle.

— Je ne ferais pas ça avec n'importe qui, avoué-je en grognant.

— Je suis d'autant plus honorée.

Mais notre conversation est interrompue par Kate et son mystérieux ami qui s'approchent... avec une part de tarte au sirop d'érable.

Heather s'exclame:

— Oh! Mais ce ne serait pas la fameuse tarte au sirop d'érable de Candice?

— Exactement.

— Où est-ce que tu as eu ça? demandé-je.

— Eh bien, au chalet du Maple Vibe, répond-elle comme si c'était évident.

— Je vais aller en chercher, dis-je à Heather. Tu m'attends ici?

— Oui, tu ne veux pas que je vienne faire la queue avec toi?

— Profite de la fête, je ne serai pas long.

J'espérais en avoir pour quelques minutes seulement. Mais c'était sans compter sur le fait que le mot s'était vite propagé sur la place, et la queue au stand était longue comme un hiver du Vermont.

Je réussis tout de même à avoir les deux dernières parts et reviens à l'endroit où j'ai laissé Heather. Ne la trouvant pas, je demande à Kate:

— Tu sais où est Heather?

Elle hoche la tête et m'indique:

— Elle vient juste de partir à l'instant. Elle nous a dit au revoir et a mentionné qu'une voiture l'attendait.

Elle pointe un coin de la place où une berline noire est en train de démarrer. Je reste figé, comme si la glace avait saisi mes jambes et qu'il m'était impossible de les bouger.

Heather est partie… sans même me dire au revoir?

La voiture disparaît rapidement au coin de la rue. Je fixe l'endroit, comme si par magie, Heather allait réapparaître.

Et faire quoi? Courir dans ma direction pour un dernier baiser? Je sais très bien que ça n'arrivera pas.

Mais ça ne m'empêche pas d'espérer… du moins jusqu'à ce qu'une autre sensation s'empare de moi: l'amertume. Elle est rapidement suivie de la déception, puis de la colère.

Je laisse tomber au sol la part de tarte au sirop d'érable qui lui était destinée. J'entends vaguement quelqu'un prononcer mon nom. Je n'en ai que faire. Je veux rentrer chez moi. Retrouver le calme et la sérénité de ma ferme et de mes lamas, eux au moins, ils ne mentent pas.

17

Josh

24 décembre

L'odeur de la dinde qui rôtit dans le four, les effluves de cannelle et de noix de muscade, April et Riley qui se disputent... tout cela ressemble à toutes les veillées de Noël que j'ai passées ici. Soit 99 % d'entre elles, en fait. À la différence près que nos parents sont en croisière cette année, et que mon cœur n'est pas vraiment à la fête.

J'ai beau essayer de me persuader du contraire ou de me dire que ça finira par passer, c'est un fait. Et pour ne rien arranger, April enfonce le couteau dans la plaie :

— Tu as eu des nouvelles d'Heather ?

Je me raidis, mes mains s'immobilisent sur la patate que je suis en train d'éplucher. Le souvenir d'Heather partant sans un mot me revient comme un coup de poing dans l'estomac.

— Je ne veux pas en parler, dis-je d'un ton plus sec que je ne l'aurais voulu.

Du coin de l'œil, je vois Riley et April échanger un regard. Je sais qu'elles s'inquiètent pour moi, mais je ne suis pas prêt à parler d'Heather. Pas encore. Peut-être jamais.

Un silence pesant s'installe dans la cuisine, uniquement rompu par le bruit des ustensiles et le tic-tac de l'horloge murale. Je me concentre sur ma tâche, essayant de ne pas penser à ce qui aurait pu être.

Soudain, la sonnette de la porte d'entrée retentit, me faisant sursauter.

— April, tu peux aller ouvrir? demandé-je sans lever les yeux de ma préparation.

— Pas question, rétorque ma sœur. Je suis sûre que c'est Lamalle. Je lève les yeux au ciel, mais ne peux m'empêcher de sourire légèrement. La phobie des lamas d'April est devenue une blague récurrente dans la famille.

— Il ne sait pas sonner aux portes, April.

— Tes lamas sont bien plus fourbes que tu ne le crois, Joshua. Tu sais qu'ils me terrifient. Ils font des tas de trucs quand tu as le dos tourné. N'est-ce pas, Riley?

Cette dernière se contente de secouer la tête. Nous savons tous deux qu'entrer dans le délire d'April ne sert à rien.

— Très bien, j'y vais, soupiré-je.

Je m'essuie les mains sur un torchon et me dirige vers la porte d'entrée. Quand je l'ouvre, mon cœur rate un battement. Devant moi se tient Heather, les joues rosies par le froid, des flocons de neige parsemant ses cheveux. Elle est aussi belle que dans mes souvenirs, peut-être même plus.

— Heather? murmuré-je, incrédule.

— Salut, Josh, répond-elle doucement.

Un silence gêné s'installe entre nous. Je suis complètement pris au dépourvu. Pourquoi est-elle ici? Une partie de moi veut la serrer contre moi, tandis que l'autre se souvient de la douleur de son départ.

— Qu'est-ce que tu fais là? finis-je par demander, mon ton plus brusque que je ne l'aurais voulu.

Je la vois prendre une profonde inspiration avant de répondre:

— Tu me manquais. Je... je n'ai pas pu rester loin.

Ses mots font naître en moi un tourbillon d'émotions contradictoires. La joie de la revoir se mêle à la colère et à la confusion.

— Tu es partie sans même me dire au revoir.

La douleur est évidente dans ma voix. Je me fiche de la lui cacher. Elle m'a fait souffrir, c'est un fait. Ses beaux yeux se remplissent de larmes. Il est encore plus dur de rester là, face à elle, alors que tout mon corps me supplie de l'entourer de mes bras.

— Je sais, et je suis tellement désolée, Josh. C'était… c'était trop dur. Je ne savais pas comment faire, parce qu'au fond de moi, je savais que si je te disais au revoir, ce serait un adieu. Et je n'ai jamais voulu ça.

Ses paroles me touchent, mais je reste sur mes gardes. Je ne sais pas quoi dire, quoi faire. J'ai peur d'être à nouveau blessé.

Nous restons là, sur le seuil, le froid de décembre s'engouffrant dans la maison. Je suis tiraillé entre l'envie de la faire entrer et celle de refermer la porte. C'est alors que j'entends la voix d'April derrière moi:

— Josh! On a oublié un truc en ville, on s'en va avec Riley!

Les traîtresses sortent par la porte de derrière, plus vite que si elles étaient poursuivies par un troupeau de lamas.

— Tu veux entrer? finis-je par demander à Heather.

Elle me sourit timidement et s'avance. Je referme la porte derrière elle et l'aide à retirer son manteau. Son odeur, devenue en l'espace de quelques jours si familière, m'enveloppe. Je dois me forcer à ne pas me pencher pour la humer comme un pervers ou une sorte de drogué.

Une fois sa veste accrochée, nous restons plantés là, dans l'entrée, tels deux idiots. J'ai l'impression que si je l'invite à passer au salon, c'est comme si j'acceptais qu'elle fasse à nouveau partie de ma vie. Jusqu'à ce qu'elle s'enfuie. Je ne suis pas prêt à revivre ça.

— Josh... j'ai... j'ai préparé des tas d'arguments, et ça paraissait si évident dans ma tête, mais maintenant...

— Heather, je n'ai pas besoin que tu me dises des trucs que tu ne penses pas vraiment. Je ne veux pas un joli discours pour que tu t'enfuies après. Moi, je ne joue pas. Ma vie, ce n'est pas d'endosser un rôle. C'est d'être ici, avec des vrais gens, mes animaux, ma ferme. Ce que tu vois, c'est ce que je suis.

— Je suis bien consciente de ça. Et c'est pour ça que je t'aime.

Mon cœur sursaute. Elle ne vient pas réellement de dire ça, si?

Elle reprend:

— Tu es... ce qu'il y a eu de plus vrai dans ma vie, ces dernières années. Le fait que tu ne joues pas un rôle, comme tu dis. C'est ce que j'aime chez toi.

— Tu sais donc que nos mondes ne sont pas compatibles. Jamais je ne pourrais m'intégrer au tien.

— C'est là que tu te trompes. Tout ce que je recherche depuis des années, c'est d'avoir quelqu'un avec qui je peux être moi: Heather. Pas la star des caméras, pas le docteur Emma Carter. Juste moi. Et en quelques jours chez toi, je me suis aperçue que j'avais oublié cette personne. J'avais oublié que j'aimais prendre le temps de regarder la neige tomber, que j'aimais passer une après-midi au coin du feu à lire, que j'aimais être entourée d'animaux, que j'aimais aller au café manger une part de tarte. Et en quelques jours ici, pour la première fois depuis des années, je me suis sentie bien, apaisée, juste moi.

— Eh bien, achète-toi une maison à Holly Springs. Je crois que la sœur du maire prévoit justement de vendre la sienne.

Elle secoue la tête et saisit ma main. Je la laisse faire, même si ses doigts sont gelés. Ce contact m'électrise bien plus que je ne voudrais l'admettre. Je voudrais plus, alors même que je sais que je ne devrais pas accepter cela.

— Tu ne comprends pas. Cette atmosphère, je pourrais la trouver à bien des endroits, mais aucun d'entre eux n'a l'essentiel: toi.

— Tu te fais une idée de moi. Tu ne me connais pas.

Elle s'approche encore et pose sa main libre sur ma mâchoire. Son pouce caresse doucement ma joue.

— Je sais que tu es un homme qui n'a pas hésité une seconde à me recueillir quand je me suis retrouvée dans cette tempête.

— Tu t'es évanouie dans mes bras, je n'allais pas t'abandonner sur le porche, bougonné-je.

— Tu t'es occupé de moi, tu m'as fait à manger, tu as appelé tes amis pour m'aider avec ma voiture.

— J'ai essayé de me débarrasser de toi en te trouvant une chambre chez Candice.

— Mon ego est assez grand pour penser que c'est parce que je te troublais, et que c'est la seule raison pour laquelle tu voulais te débarrasser de moi.

Je grogne pour ne pas avouer qu'elle a raison.

— J'ai pu constater que tu t'occupes de tes lamas avec passion, que tu veilles toujours à leur bien-être.

— C'est un peu mon boulot...

— Tu t'inquiètes pour tes amis et ta famille, tes sœurs en particulier.

— Ouais, ben ça aussi, c'est normal.

Elle rit doucement.

— Je sais aussi que tu n'aimes pas qu'on te complimente et je crois que j'adore ça. Je suis entourée de gens qui ne vivent que pour qu'on les remarque, et je pense que c'est une excellente façon de contrebalancer ma propre mégalomanie.

— Qu'est-ce que tu cherches à prouver, Heather?

— Te prouver que toi et moi, c'est une bonne idée.

— Tu ne vis même pas dans le coin.

— Je suis à deux heures de route, et aussi surprenant que ça puisse paraître, je ne vis pas uniquement pour mon travail.

Elle est de plus en plus proche. Il me suffirait de me baisser de quelques centimètres pour l'embrasser. J'en meurs d'envie, malgré toutes les récriminations que j'apporte à son argumentation.

— Josh, je ne me suis jamais sentie aussi bien que lors de ces quelques jours passés chez toi. On dit que Noël, c'est une fête qu'on doit passer avec les gens qu'on aime. J'adore mes parents, mais cette année, ce n'est pas avec eux que j'ai le plus envie d'être. Quand je pense au Noël idéal, c'est ton visage qui me vient en premier à l'esprit. J'ai envie de passer davantage de temps avec l'homme qui m'a appris à jouer aux échecs, l'homme qui m'a préparé des tisanes à tomber par terre, l'homme qui m'a fait rire alors même qu'il ne cherchait pas à m'impressionner.

Je soupire et admets:

— C'est là où tu te trompes, je cherchais totalement à t'impressionner.

Elle me sourit, et je ne résiste plus. Ma bouche caresse la sienne, d'abord doucement, puis à peine ce premier contact établi, je sais qu'il n'y aura pas de retour en arrière possible.

Je l'embrasse avec passion, avec toute l'intensité que la frustration de son absence a provoquée. Nos lèvres se dévorent, nos langues s'apprivoisent, ses mains plongent dans mes cheveux, et je serre un peu plus sa taille pour me rapprocher d'elle.

Je ne sais combien de temps nous nous embrassons, des minutes, des heures? Je suis juste heureux que mes sœurs aient eu la bonne idée de partir, et j'espère qu'elles ont eu la présence d'esprit de couper le four, car la dinde est le cadet de mes soucis.

Tout comme le reste des célébrations de Noël, d'ailleurs. Je viens tout juste de recevoir mon cadeau, et comme un gamin qui en a rêvé toute sa vie, il est hors de question que je fasse autre chose que d'en profiter.

Envie de passer un peu plus de temps avec Heather et Josh ? Voici un épilogue bonus à télécharger !
RDV sur ce lien : http://subscribepage.io/pkrsLJ
ou flashe le QR code

As-tu fait connaissance de tous les bookboyfriends de Noël?

Voyons si quelqu'un manque à l'appel:

- Un biker pour Noël d'Olivia Rigal,

- Un player pour Noël d'Estelle Every,

- Un sniper pour Noël d'Emilie Delma,

- Un hacker pour Noël d'Alix Froger.

www.monbookboyfriend.com

Si tu les as tous lu, retrouve-nous le 7 février 2025, avec des bookboyfriends pour la Saint Valentin …

- Un ArnaCoeur pour la Saint Valentin, de Tamara Bal-liana,

- Un Bad Boy pour la Saint Valentin, d'Olivia Rigal,
- Un Love Coach pour la Saint Valentin, d'Estelle Every,
- Un Navy Seal pour la Saint Valentin, d'Emilie Delma.

Depuis le succès de son premier roman, *The Wedding Girl,* publié en autoédition, Tamara Balliana a continué à écrire des comédies romantiques, développant au fil de ses romans un univers léger et contemporain qui séduit ses lectrices.

Elle vit dans le Sud de la France avec son mari et ses trois filles.

Pour plus d'informations ou pour la contacter:

Pour retrouver la liste complète c'est ici

Série des Wedding Planners

The Wedding girl (Alice & Paul)

The Vegas wedding (bonus de the wedding girl / prequel Mariage et conséquences)

Mariage et conséquences (Marie & Colton)

Meurtre à l'autel (Lara & Adam)

OU

Wedding planners — l'intégrale (tous les livres de la série en un seul tome)

Série Les frères Rossi

Livio (Livio & Roxane)

Matteo (Matteo & Jo)
Giovanni (Giovanni & Clémence)
Vincenzo (Vincenzo & Alix)
OU
Les frères Rossi - l'intégrale

Série Love

Love in Provence (Cassie & Vincent)
Love me if you Cannes (Olivia & Victor)

Bay Village

Coup de foudre & quiproquos (Amy &...?)
Diamant & mauvais karma (Julia & Matt)
Fashion Victime & Volte-face (Zoey & Tom)

Série du Domaine des Manons

Quand l'amour s'en mail (Solène & Leo)
L'amour est dans le chai (Léonie & Enzo)
Je veux un homme qui... (Oriane & Jules)

Un soupçon d'imprévu (Romy & Alistair)

Série du Domaine des Manons 2nd génération (les enfants du Domaine des Manons)

Pour que tu m'aimes encore (Jade & Max)

Tu es mon millésime (Siana & Louis)

Les histoires d'amour finissent mal (en général) (Naïs & Aidan)

Livres hors série

Is it Love? Adam (Adma & Ruby)

Les chagrins d'amour font de belles chansons (Illaria & Cillian)

Veux-tu être mon +1? (Colyne & Axel)

Itinéraire sans GPS (Hadrien & Logan) MM

Série L'agence

Pas si simple que ça! (Vika & Ezio)

Pas un mariage ordinaire! (Sahlia & Kellan)

Pas celui que tu crois! (Silas & Alba)

Romances de Noël

N'oublie pas les chocolats! (Devi & Gabriel)
Noël est une arnaque ! (Clémentine & Loris)

Recueil de nouvelles (avec d'autres autrices)

Même à l'ombre les cigales chantent (Lucille & Aubin)
- Chez Hugo New Romance
Trois fois deux (Camille & Alex)

En collaboration avec Estelle Every

Série Million Dollar Love

Million Dollar Love (Ethan & Neela)
Million Dollar Sunset (Callie & Seth)
Million Dollar Crush (Autumn & Shane)

En collaboration avec Olivia Rigal

Série Riviera Security

French Escapade (Elodie & Ken)

Italian Pursuit (Tiphany & Jimmy)

Twist à Saint-Tropez (Madison & Andrea)

Goodbye Saïgon (Mai Lan & Nathan)

London Calling (Angel & James)

Monaco Mon amour (Sasha & Ted)

OU

Riviera Security coffret tomes 1 à 3

Riviera Security coffret tomes 4 à 6

Série Florida Security

Dernière chance (Ariana & Owen)

Clap de fin (Raven & Paul)

Ultime recours (Alison & Steve)

Extrême complicité (Carmen & Brad)

Épreuve finale (Jenna & Garrett)

TAMARA BALLIANA

Défi suprême (Erik & Dan) MM

En collaboration avec les Pipelettes

Un Farmer pour Noël
Un ArnaCoeur pour la St-Valentin